U0055604

放學後 DEAD×ALIVE

藤 達利歐

高詹燦—譯

登場人物

私立××高中三年A班

宮野啟太　電玩宅男
酒井彩香　飛毛腿
市川奈緒子　校花
牧田和樹　模範生
溝口不比等　書呆子
藤堂龍次　不良少年
大澤美雪　田徑社社員
田中明夫　龍次的小弟
本山陽子　不良少女、龍次的女友
黑川羅伯特　混血兒
青山愛理　波霸美少女

飯田大地 啟太的宅男好友

安達瞳 和樹最早的搭檔

野村美沙 不比等最早的搭檔

片瀨沙織 美沙的死黨

上村結衣 美沙的死黨

荒木高志 結衣的男友

山田誠 不良少年

大野洋

草野翼

佐久間杏里

渡邊準

金子千穗

三崎玲奈 神秘女子

頭目 遊戲領航員

CONTENTS

第1章

第一天

1

我運動神經不差。跑起步來也絕不落人後，但我不想浪費這種能力。

「各就各位，預備——」

傳來班長牧田和樹的聲音……大家都想盡全力跑嗎？真是的，光想就煩。在起跑點所在的一樓走廊上，宮野啟太一臉不悅。十五名私立╳╳高中三年A班的男生穿著藏青色的西裝制服，他們踩穩腳步，重心前傾。

啟太在這群人後方搔著頭。若贏了這場比賽，似乎可以得到獎品，但獎品為何還不清楚。他們並非是為了贏得獎品而跑，就只是為了比賽。

為什麼？WHY？他很想問個清楚，但事實上根本沒有理由可言。啟太心想，這就是高中生，他們就是想眾人聚在一起喧鬧。就連堪稱模範生典範，品行端正的和樹、向來沒運動神經的動漫宅男飯田大地、只對念書感興趣的書呆子溝口不比等，也都顯得鬥志高昂。

「開始！」和樹大喊一聲。

霎時間，十五名男生以疾風怒濤之勢向前疾奔。這裡到終點四樓的教室要經過很長的一段路，這麼長的距離應該對那些以體力自豪的人有利。跑了約二十公尺遠，速度加快後，便來到這場比賽的主戰場——西側樓梯。要從走廊轉進樓梯，非得直角轉彎不可，對整天只會讀書考試的高中生來說，這麼高超的技巧不可能辦得到。有些人較聰明，懂得在樓梯前方放慢速度，但也有人沒能順利轉彎，直接重重撞向樓梯的側面牆壁。不過他們並未因此氣餒，還是一路往樓上衝。

真是服了你們……

啟太雖然平時都窩在家裡打電動，但他對自己的腳力頗有自信。國中時，他曾在運動會的一百公尺短跑中超越田徑社的代表選手，令同學們跌破眼鏡。在那之後田徑社曾來網羅他入社，但他並未加入。當他心無旁騖地跑上樓梯時，他體內潛藏的本能就此覺醒。

他從人群的外側開始超越。一人、兩人、三人、四人、五人……當他從二樓奔向三樓時，眼前出現一個背影，是大地，大地差點仰身從樓梯上跌落，雙手不住揮動。

「危險！」

啟太伸手撐住差點跌落的大地背後。

「你在搞什麼啊！」啟太向他抱怨道。

「都是山田害的啦。」

大地一臉歉疚地說道。山田誠是班上個性最火爆的不良少年。大地挨了山田一記拐子，差點從樓梯上滾落。

「沒事吧？」

啟太使勁朝他背後一推，讓他重新站穩。

「謝啦。」

大地道完謝，再度往樓梯上奔去，但啟太卻因為用力一推的反作用力而失去了平衡。

「啊……」

他身子浮向半空，從樓梯上滾落，轉眼已退回二樓。

「好痛！」

他試著挪動一下身體，所幸沒有大礙。身強體健也算是一種才能。

「先走一步嘍。」

「你在這裡休息嗎？」

「午茶時間到了是嗎？老先生。」

後續跟上的同學出言挖苦坐在二樓走廊上的啟太，陸續超越。

「你們可真拚命。這種比賽沒意義吧？」

啟太反脣相譏，原本競爭的本能已飛到九霄雲外。就算現在全力跑也無法搶得第一，就算真的跑了個第一，應該也拿不到什麼像樣的獎品。

「喂，你沒事吧？」

和樹擔心跌落樓梯的啟太，跟著跑下樓梯。

「不愧是班長，你真好心。」

「因為你要是在這種地方受傷，我事後還得寫反省書。」和樹一本正經地這麼說道。

「原來是擔心自己啊。」啟太不屑地說道，就此站起身。

「看來你好像沒事。」說完後，和樹衝上樓梯。

「真是了不起。」

啟太愣在原地，已提不起勁往前衝。他甚至想直接回家，但書包還放在教室裡。那就沒辦法了……他拖著步伐走上樓梯，來到四樓後，突然有股奇怪的感覺向他襲來。

咦？不太對勁。

啟太小心翼翼地環視走廊，接著旋即發現原因。不知何時，四周已空無一人。

「算了……」

比賽結束後，三年A班將舉行同樂會，這件事全校都知道。A班有脾氣火爆的山田、全校最大尾的不良少年藤堂龍次、龍次的小弟田中明夫、龍次的女友，最喜歡和人打架的本山陽子，其他班級的學生一定都避之唯恐不及。

保持距離，方是上策。

抵達終點的教室後，頂著一頭金髮，五官深邃的黑川羅伯特朝啟太走來。他的父親是日本人，母親是美國人，他擔任此次同樂會的幹事。羅伯特將一個用藍字寫著「15」的號碼牌遞給啟太。

「這是什麼？」

「是決定搭檔的號碼。」羅伯特說。

黑板上寫著「三年A班同樂會」這幾個大字。椅子全收往教室後方，桌子則是在教室正中央靠攏，上頭擺滿點心和果汁。

啟太望向那寫著「15」的號碼牌，這時，一名女子以宛如飛撲而來的速度來到他面前。

「啟太，你沒認真跑對吧？」

「幹嘛突然這樣問。」

「你先回答我的問題，你認真跑了嗎？」

「那是我的自由吧？」

「跑最後一名還耍什麼酷啊。」

雖想加以反駁，但啟太嫌麻煩，索性沉默不語。這女孩是酒井彩香，成績中上，長相也中上，不過運動能力卻堪稱頂極。她沒加入運動類社團，啟太一直覺得這是暴殄天物。彩香身高一百六十公分，雖然不適合打排球或籃球，但如果是足球或許不錯，考量到她那充滿攻擊性的個性，像柔道這類的格鬥技似乎也很適合。不過啟太對這位精力旺盛的樂天女孩沒轍，對她的評價不好也不壞，單純只當她是同學。

「雖然是同樂會，但聽說是男女搭檔一起玩遊戲。」彩香如此說明。

「是這樣嗎？」

對愛玩遊戲的啟太而言，「遊戲」一詞最能令他情緒高昂。

「在玩遊戲前，是用爬樓梯比賽來決定搭檔。」

語畢，彩香向他出示以紅字寫著「１」的號碼牌。

「妳該不會在爬樓梯比賽中跑第一吧？」

女生也和男生一樣，在東側樓梯舉辦比賽。彩香取得一號的號碼牌，這表示她率先抵達終點。

「比田徑社的美雪還快？」啟太問。

他們班上有位身高一百七十五公分的女生，名叫大澤美雪，隸屬田徑社，運動神經超群。看來彩香在比賽中贏了美雪。

「我把她遠遠甩在後頭……啊，不過她的專長是跳高。」

「哦，是這樣嗎？」

儘管如此，還是很厲害。彩香有這麼好的運動神經，為什麼不加入運動類社團呢？這傢伙真不了解自己的長處，傻蛋一個。

「不過，聽說是女生的第一名和男生的第十五名，也就是最後一名搭檔。」彩香語帶不滿地噘起嘴。

「哪有這種事！我怎麼都沒聽說。」

「是幹事黑川同學決定的。聽說爬樓梯比賽就是決定搭檔組合的餘興節目。」

原來是這麼回事！啟太作勢伸手用力往膝蓋一拍。這的確很像是性情古怪的羅伯特會出的主意。

「沒人抱怨嗎？」

「大家噓聲四起，不過黑川同學根本不理睬。陽子氣得想揍人，結果他卻神色自若地回了一句『在校內打人可是會退學的，而且我有美國籍，要是打我的話，會引發國際紛爭喔』。」

「很像他的作風。那麼，大家就這麼算了嗎？」

「說會引發國際紛爭應該是嚇唬人的，不過要是在同樂會上引發暴力事件，那可不好。」

「我沒差啊，不過就退學而已。要是少了羅伯特和陽子，這個班也會變得像樣一些。」

「這樣明年就不會有同樂會了。」

「到時候我們也畢業了，沒有影響。」

「你太壞心了。」

啟太和彩香在對話時，穿著一件迷你裙女僕裝，乳溝若隱若現的青山愛理朝他們走來。她和黑川一樣是同樂會的幹事。

「妳這件衣服會不會太惹火了點？」

面對這件如此暴露的服裝，啟太不知眼睛該往哪兒擺。

「我已獲得村松老師的同意。」

「那個色老頭。」

村松是A班的導師，是一位年近五旬的中年單身漢，身材微胖。啟太腦中浮現村松看到愛理這身女僕裝之後，那副色迷迷的模樣。

「女生一號的彩香和男生十五號的啟太搭檔。」愛理確認兩人的號碼牌後如此說道。

「也只好這樣了。」

啟太如此低語，環視四周。和樹與他搭檔的安達瞳聊得正熱絡。模範生與最受男生歡迎的女生搭檔是吧？還真不錯呢。一旁是戴著眼鏡的書呆子溝口不比等，與濃妝豔抹的野村美沙，真是最糟的組合。不比等和美沙似乎也這麼想，兩人的目光完全沒交會。美沙應該是為了同樂會的獎品才勉強留下的，要是沒提供獎品，她應該早走人了。接著視線移往他處，看到更古怪的組合——不良少年明夫與陽子，陽子的男友是龍次，而明夫是龍次的小弟，他們竟然在命運的捉弄下成了搭檔。至於龍次則是與田徑社的美雪搭檔。

希望別鬧出什麼風波來才好……

啟太就像事不關己似的擔心起別人。要是龍次與美雪相處融洽，陽子肯定會打翻醋罈子。這兩個女人一旦開戰，可就成了一場田徑社對上打架社的異種格鬥戰，屆時將會是一場腥風血雨。如果在電視上播出，也許還能贏得收視率，不過肯定是最兒童不宜的節目。

「聽說你從樓梯上跌落？」

大地一派輕鬆地向啟太問道。

「都是因為你，害我吃足了苦頭。」

雖然覺得多說無益，但啟太還是向他發了一頓牢騷。大地是他為數不多的朋友之一。啟太是電玩宅男，大地則是動漫宅男，非但不受女生歡迎，還惹人嫌。不過，與其和那些十幾歲年紀，隨身攜帶毒舌機關槍，完全沒附瞄準器和安全裝置的女生聊天，不如乖乖打電動、看動畫，還比較不會心靈受創。或許有人會說，你這樣一輩子都無法和女性交往喔，但如果真是那樣，那也沒辦法。啟太現在想不了那麼多。

「大事不好了。」大地把啟太拉到教室角落。

「怎麼啦？」

「聽說是男生女生搭檔玩遊戲，獲勝的隊伍可以贏得獎品。」

「這我已經聽彩香提過了。」

「這麼說來，你的搭檔是酒井彩香？」

大地差點笑出來。

「沒錯。我也沒辦法啊。」

「你猜我的搭檔是誰？」大地存心吊人胃口。
「沒興趣。」
「這什麼態度嘛。」
「怎樣啦。你不是對三次元女孩不感興趣嗎？」
「我是這樣沒錯，可是啟太你不是啊。」
「這話怎麼說？」
他不懂大地這番話的含意。
「我的搭檔是奈緒子公主喔。」
「咦！」啟太忍不住叫出聲來。
「這下子有興趣了吧？」
「這……」
不知如何回答的啟太，一面掩飾心中的慌亂，一面移動目光，從同學中找尋市川奈緒子的身影，很快便發現了她。她的氣質和美貌遠在他人之上。烏黑亮麗的長髮、細緻的雪白玉膚、高雅工整的五官，就像聚光燈照在她身上般光采動人，當真是鶴立雞群。
「視條件而定，我可以考慮和你交換喔。」
大地對望著奈緒子出神的啟太展開惡魔的低語。
「你開出的條件是？」

「春日的原畫。」

被一擊戳中痛處。啟太雖不是動漫宅男，但他從一位擔任動畫師的親戚那裡得到一張動畫《涼宮春日的憂鬱》的原畫，一直視為寶貝。

「你打算怎麼辦？在遊戲中要獲勝，比的不就是判斷力的快慢嗎？」

「這不是遊戲。可惡，好難抉擇啊。」

正當啟太猶豫不決時，傳來教室門關上的聲響。羅伯特關上前門，愛理關上後門，接著兩人站上講臺。

「接下來要進行三年A班的同樂會。」羅伯特煞有其事地進行會前致辭。

「這場同樂會的獎品是新型遊戲機GSP。由爬樓梯比賽決定的搭檔一起玩遊戲，獲勝的搭檔可贏得獎品。大家加油。」

愛理說完後，將遊戲機擱在講臺上，擺出一個可以看見乳溝的性感姿勢。聽說現在草食男愈來愈多，不過青少年還是保有相當程度的性慾，無法抗拒可愛女孩的巨乳。愛理的可愛程度算是在啟太的好球帶內，至於她那對巨乳，則可算是在全壘打帶內。啟太猛然回神時，才發現自己的目光已完全被她所吸引。

「那臺遊戲機，是瞳參加作文比賽入選時的贈品。」

今年夏天，安達瞳以班上同學為題材所寫的一篇作品，在高中作文比賽中入選。她針對身為模範生，同時也堪稱青年典範的和樹、電玩宅男啟太、動漫宅男大地、只對流行時尚感興趣的美沙那群女孩、老是和人打架的不良少年龍次等各種不同樣貌的同學，以妙趣橫生的筆觸，成功描寫出現代高中生的生活百態，獲得很高的評價。而這場同樂會的獎品，便是瞳在作文比賽中得到的贈品，可能是對遊戲不感興趣的她所捐贈。

「真無聊，我退出。」

不比等如此說道，勇氣十足。他拿起擺在教室後方的書包，朝門口走去。這時，他的搭檔美沙擋住去路。

「你幹什麼！」

美沙就像是破壞力驚人的導彈發射器，而且此時一觸即發。

「我要回家。」

「我就是因為想得到遊戲機才參加的耶。」

「這根本是浪費時間。我要回家準備考試。」

「我這不是在請託，是命令。」

美沙加以恫嚇。美沙的朋友上村結衣和片瀨沙織馬上靠了過來，將不比等團團包圍。結衣和沙織並不可怕，但班上還沒有哪個男生可以一次吵贏三個女人。不比等此刻已是無路可退、四面楚歌、身陷絕境，他的生命猶如風中殘燭。

「你就參加吧。這樣美沙不是很可憐嗎？」結衣道。

「你要是敢現在回去，我一定不放過你。」沙織一把搶走不比等的書包。

「啊！」不比等叫了一聲，無從抵抗。

啟太選擇隔岸觀火。雖然覺得不比等很可憐，但他沒義務挺身相助，而且也救不了他。不比等毫無勝算，是被虎群包圍的肥羊。被逼急而反咬貓的老鼠，最後還是命喪貓口，令人同情。

「你到底想怎樣？」

在美沙的威脅下，不比等若無其事地回到原位。他最後舉白旗投降，同學們個個面露訕笑。

「第一個遊戲是猜拳。和我猜拳，贏的人就晉級，到最後都無法獲勝的人，會和搭檔一起落敗，失去資格，ＬＯＳＴ。」

羅伯特在講臺上說明。也許他是想讓人知道他是個混血兒，總是捲舌說話，一口奇怪的英語腔。

「如果平手就算贏，只有輸的人會留下。」一旁的愛理加以補充。聽說兩人正在交往，但實情不明。

「剪刀。」羅伯特高舉起拳頭。在場眾人都跟著喊「石頭布」。

最後羅伯特出石頭，「簡單啦。」出布的學生們如此說道，將桌上的點心送入口中。啟太和大地也出布，贏了這關，但彩香卻因為出剪刀而落敗。

「那傢伙一開始都不會出剪刀。」

彩香在一旁聽到啟太這麼說，鼓起腮幫子道：

「這種事你要先告訴我啊。」

愛理讓猜輸的學生們聚在前面。彩香、沙織等六人落敗。男生們很清楚羅伯特的習性，所以幾乎沒人輸，由這六名落敗者展開第二回合。

「剪刀石頭布。」這次羅伯特出布。

彩香也出布，因為平手而沒落敗。輸的只有沙織一人。

「片瀨沙織和搭檔大野洋首戰落敗。LOST。」羅伯特說。

「什麼嘛，已經玩完啦？」大野發起牢騷。

「大野，這裡有參加獎滋露巧克力喔。」

愛理將巧克力夾在乳溝間，送到大野面前。

喂喂喂，做這種酒店服務恰當嗎？啟太從未上過酒店，所以這純粹是他想像出來的個人感想。

「服務真周到。」

大野伸手探向她胸前，愛理一把抓住他的手，將巧克力送交他手中。

「不可以摸喔。」

「我想也是。」看得出大野很失望。

大野和沙織拿著巧克力正準備回到桌子前，這時突然有人朝他們吆喝一聲：「餘興表演！」是不良少年龍次。以前的不良少年給人的印象總是成績差，外加一臉俗樣，但現今的不良少年可就不同了。龍次成績優異，運動也很拿手，人長得又帥，沒人想與他為敵。龍次高喊一聲「餘興表演！」後，眾人也跟著起鬨道：「餘興表演、餘興表演、餘興表演、餘興表演……」

「不可能啦。」

大野和沙織搔著頭，正準備回自己位子時，突然停下腳步，緊抓胸口，一臉痛苦。

「啊……」大野發出幾不成聲的叫喊，全身發顫。

啟太注視著這一幕，心想，到底發生什麼事了？其他學生也被他們兩人的驚人模樣所震懾，向後退卻。

大野和沙織劇烈顫抖，咚的一聲跌落地板。眾人被這聲巨響嚇著，又後退了一步。倒地的大野和沙織在地上扭動身軀。

「好、好、好厲害，演得真好。」明夫大聲叫好，一臉感佩。聽他這麼說，眾人也都認為這是在演戲。

「頒給你們奧斯卡最佳被害人獎。」邊說邊拍手的是吊兒郎當的草野翼。

倒臥地上的兩人旋即不再動彈。感覺到情況不對的學生們馬上合上嘴，一股詭異的寂靜籠罩整個教室。大野和沙織脖子彎曲，俯臥在地上，一動也不動。

「他們兩人是話劇社的嗎？」大地問。

「奇怪，太奇怪了。」

啟太覺得不對勁。如果說是在演戲，也未免太過逼真。

「可以了，表演得很好。」

羅伯特朝一直倒臥地上的大野和沙織叫喚，但兩人卻一動也不動。

「喂，也該適可而止了吧。這樣遊戲無法進行耶。」

羅伯特失去耐性，大聲喝斥，但大野和沙織還是沒任何動靜。

「等一下，他們的樣子很奇怪。」

和樹如此說道，伸手搖他們兩人。俯臥的大野，臉面向一旁。

「哇！」和樹發出一聲驚呼。

大野兩眼翻白，就像死了一般。

「快去叫老師來啊！」

在和樹這聲叫喊下，瞳準備從前面的門衝出教室，但這時……

「咦？」她突然停住。

「怎麼啦？」

「門打不開。」

「後面的門也打不開呢。」

草野在教室後方叫道。

「都這種時候了還惡作劇，快叫救護車！」

啟太感到心神不寧。走廊上除了三年A班的學生外，再無他人。但前後門竟然都打不開，被困在裡頭，而且地上還躺了兩名無法動彈的學生。若照這個劇情下去，再來大概就是沒辦法跟外界聯絡了吧。

「我的手機打不通，顯示收不到訊號。」

想用手機叫救護車的佐久間杏里說道。

「我的手機收不到訊號。」

荒木高志也望著手機螢幕說道。

「我的也收不到訊號。」

「我也是。」

「到底怎麼回事?平時都收得到啊。」

其他學生也紛紛確認手機，你一言我一語地說道。啟太也確認自己的手機螢幕，他同樣也收不到訊號，雖然早已料到是這種結果。

「到底是怎麼回事?」和樹顯得慌亂。

這時，擺在講臺旁的電視開啟，螢幕上出現一個人，臉上戴著表情猙獰的赤鬼面具，就像是秋田縣的生剝鬼節[1]面具一樣。

「那是什麼啊?」

啟太如此說道，其他人的目光也都投向電視螢幕。

「私立╳╳高中三年A班的各位，大家好。你們已經被Ascension了，接下來要請你們進行這場以性命為賭注的遊戲。」螢幕上的面具男低聲說道。

1. 生剝鬼節：除夕日在日本秋田縣部分地區舉行的傳統民俗活動。生剝鬼是一種類似惡魔的生物，它挨家挨戶地索討酒食，並嚇唬屋中的居民。

啟太一瞬間懷疑是自己聽錯了。這一定是在惡作劇，肯定只是某個誇張的整人遊戲。

「Ascension是什麼意思？」大地問。

「應該是傳往異次元空間的意思吧。」啟太道。

「一切都是你搞的鬼吧？」

陽子從看得目瞪口呆的學生當中走向前，一把揪住羅伯特的衣襟。

「不是我。」

「鬼才信呢。」

「不不不，我絕對沒做這種事。」

羅伯特極力否認。始作俑者不是這班上的學生，要讓所有人的手機都收不到訊號，班上還沒人有能耐做這種惡作劇。

「輸了遊戲的大野洋和片瀨沙織LOST。」

螢幕上的面具男話才剛說完，就聽到轟的一聲，倒地的大野和沙織腹部爆炸，內臟散落教室一地。

「呀！」女生放聲尖叫。

「這、這搞什麼鬼……」

全身濺滿大野鮮血的和樹，嚇得腿軟。

「別開玩笑了！」

山田放聲大叫，抬起椅子，準備砸向螢幕，但接著發出轟的一聲，他停嚇了動作。爆炸的是山田的肚子，他的肚子被炸出一個透明窟窿。他鬆開抬起的椅子，就此癱軟。

經過片刻的寂靜，又有女生發出「呀！」的慘叫聲。所有人這才認清眼前發生的慘劇是真實的，然後就此陷入恐慌。也有人呆立原地，但大部分學生都擠向打不開的教室門。

「這下該怎麼辦才好？」

「快開門啊！」

「救命！」

「外面有人在嗎？」

一擁而上的學生們使勁敲門，高喊救命。草野想用蠻力打開後門，啟太則是站在原地。他並非是在冷靜判斷現場情況，他可沒那麼鎮定，其實正好相反，他是因雙腳發顫而邁不開步。一旁的大地和彩香也因承受不了現實而愣在原地，如果換成是發生地震或火災，啟太他們將會是最早喪命的人。

「各位，請先安靜下來！」

螢幕裡的面具男大喊，但大部分學生根本聽不進去。

「接下來我會打開門。不過，要是有人跑到走廊上，便會馬上ＬＯＳＴ，絕不容情。」

面具男說完後，教室前後兩扇門馬上開啟，有幾名學生衝向走廊。

「呀！」

走廊上傳來慘叫聲。

「別出去，不能出去啊！」

啟太大喊，但根本傳不進慌亂失措的同學們耳中，連美麗的奈緒子也準備從後門走出教室。

得阻止她才行！

原本像中了定身咒般無法動彈的啟太，見自己喜歡的女孩身陷危機，身體自然而然動了起來。

「走廊有危險！」

啟太疾奔而出，在門口處抱住奈緒子，兩人一同跌向地面。千鈞一髮之際趕上了，他鬆了口氣，在幾乎要鼻子相貼的近距離下，奈緒子那姣好的面容就在眼前。

「啊……」啟太說不出話來，心跳得好急，幾乎都快跳出體外。

「那、那、那個……」奈緒子伸手指向前方，啟太緩緩移動視線。

「怎麼會這樣，不會吧……」

走廊上一片血海，無數的內臟和四肢散落一地，衝向走廊的同學們被炸得支離破碎，一命嗚呼。衝出教室的人全部慘遭殺害。

「嚇——」

傳來一聲軟弱無力的悲鳴，不比等在前門旁邊嚇得腿軟，一旁的瞳緊摀著嘴，強忍作嘔的衝動。從前門衝向走廊的學生們似乎也是同樣的下場，只有待在教室裡的人安然無恙。

啟太正準備站起身時，突然腹部一陣劇痛。

「不會吧……」

由於疼痛太過強烈，令他喘不過氣來，全身也使不上力，意識逐漸模糊。

我也會被殺害嗎？肚子會爆炸嗎？難道是體內被裝了炸彈？光想到這點，便感到生不如死。腹部的劇痛仍舊持續著，到底什麼時候才會好？還是說，它就快爆炸了？感覺一秒過得猶如一個小時之久。他咬緊牙關環視四周，發現大地和彩香也倒在地上。其他學生全都倒地，狀甚痛苦。發生什麼事了？劇痛令他無法思考。

「到底發生什麼事了……」說完後，啟太就此昏厥。

2

「再不快點起來，遊戲就要開始嘍。」

一個宛如銀鈴般悅耳的聲音將宮野啟太喚醒。背部無比痠痛，他很快便明白是怎麼回事，因為他就躺在木地板上。

「早安。」

一名陌生女子向他道早。頂著一頭短髮，一雙烏黑大眼，五官端正、手腳修長、身材纖細，是個正妹。她身上穿著和啟太他們學校不同的翠綠色西裝制服，啟太從沒見過這種制服。

「這裡是哪裡？」啟太問。

「你應該知道這是哪裡。」

「妳是誰？」

短髮的女孩沒回答他的提問，就只是嫣然一笑。

「妳到底是誰？」

啟太又問了一次後，女子往前走去。她到底是什麼人……有好一陣子，啟太腦中一片茫然。思考迴路還沒重新啟動，等記憶慢慢復甦，同學們的慘叫聲仍在耳中迴蕩。他原本應該在教室內才對……走廊上一片血海，屍體橫陳。那樁慘劇是一場夢嗎？他環視四周，發現眼前是似曾相識的某個圓頂型天花板。

「這裡是學校的體育館嗎？」啟太低語道。

現在應該已入夜，窗外一片幽暗。館內中央亮著幾盞燈，但還是很昏暗，舞臺和後方一片漆黑。

「發生什麼事了？」

傳來一個熟悉的聲音，是酒井彩香，她就在啟太身後。

「我不知道。」啟太回頭應道。

「我們原本在舉行同樂會，以爬樓梯比賽來決定搭檔，接著玩猜拳。」

「如果那是真的，那麼，之後發生的事還有現在，也都是真的。妳還記得睡著前的事嗎？」

「嗯……」彩香顫抖著頷首。

「大野和沙織倒地，電視上出現一個戴著奇怪面具的人，對吧？」

「原本打不開的門突然開啟，好多人衝向走廊……」

說到這裡，彩香為之語塞。

「我感到肚子好痛，然後就昏倒了。彩香妳也是嗎？」

「我和你一樣。」

糟透了。啟太希望這只是一場夢，但它偏偏不是夢。

「那是什麼？」

彩香指向啟太西裝制服的左胸。兩人制服左胸處，都以魔鬼氈黏著一個像智慧型手機的平板電腦，螢幕上顯示一個藍色的心型記號。啟太將它從胸前取下，望向螢幕。他伸指往旁邊滑，但上頭的顯示沒有任何改變，看來這不是觸控式面板。正當啟太如此思忖時，傳來一陣「沙——」的聲音。抬頭一看，發現設置在舞臺旁的大型螢幕上出現灰色雜訊畫面。

「各位早安。」

雜訊畫面消失，螢幕上映出先前出現在教室電視上的那個面具。

「是那傢伙。」啟太來到大螢幕前。

雖然光線昏暗看不清楚，但存活下來的同學們全都聚集在體育館裡。和樹拉著瞳的手，步履踉蹌地走來。他的制服上理應染滿山田誠的鮮血，但現在卻已換上全新的西裝制服，看來是在睡著時，有人幫他更換的。

「我們會變成怎樣……」

大地窩囊地叫喊著。奈緒子在他後方，她也平安無事。啟太鬆了口氣，這並非表示他不在乎其他同學的生死，但奈緒子比他們都更重要。理由無他，只因為啟太喜歡美女。

「發生什麼事了？」

羅伯特如此詢問，但沒人有辦法回答。

「是無差別恐怖行動，可能是開戰了。」龍次道。

「這麼說來，我們被綁架嘍？」陽子說。

「真的假的？我們成了俘虜嗎？」

「可是，擄獲我們有什麼意義？」

終於有人提出像樣的意見了，是美雪。

「我們都死了，這裡是死後的世界。」書呆子不比等在一旁說道。

「開什麼玩笑！為什麼我非死不可！」美沙尖聲叫道。

死不需要理由。不管你是正經八百的人、年輕人、有錢人、健康的人，死都一樣會造訪。不比等說的或許也沒錯。難道班上的每一個人都因為某個原因而喪命了？而這裡是陰間與陽世的中間點，就像是一處前往死後世界的等候處，但沒有死亡的真切感受。不，因為過去不曾有過死亡的經驗，所以不懂死是什麼感覺，或許死亡就像這樣。經這麼一提才想到，那個面具男曾說過「你們已經被Ascension了」。Ascension也可解釋成死亡，不過，如果真的死了，死因是什麼？唯一想得到的就是腹痛。是中毒嗎？不，這樣說不通。如果是在全班同學吃喝的食物裡頭下毒，那到底是在什麼裡頭下毒呢？啟太在同樂會裡根本沒吃任何東西。全班同學都吃過的食物會是什麼？

他想起來了，只有一樣。就是午餐後，導師村松說是流行性感冒預防藥，要全班吞服的奇怪膠囊。難道是裡頭下了毒？不，這不可能，那傢伙不像會殺害全班同學，犯下這種大案子的人。雖然他好色又低俗，但終究只能算是小奸小惡。而且在服藥後經過一段時間，幾乎所有人的藥效同時發作，目前根本沒有這種毒藥存在。就算真的有，區區一名高中老師應該是沒辦法取得才對。

我們果然都還活著，這裡是現實世界。這是啟太想出的結論，雖然原因和方法不明，但可以確定有一半的同學遇害，倖存的人則是被帶到這裡。目前倖存的有啟太和彩香、和樹和瞳、大地和奈緒子、羅伯特和愛理、明夫和陽子、龍次和美雪、不比等和美沙、高志和金子千穗、渡邊準和結衣，大家都聚集在舞臺旁的大型螢幕前。

「你們終於醒來了。」面具男道。

「你是什麼人？」啟太問。

「我還沒自我介紹呢。我在此擔任遊戲領航員，是這裡的頭目。」戴著面具的頭目如此說道。

遊戲？這是怎麼一回事？啟太腦中滿是問話。

「大野和沙織怎麼了？」和樹開口。

「草野和佐久間也不在了。」瞳說道。

「小野、宮本、清水、辻，他們也都不在了。他們還活著嗎？」啟太開門見山地問道。

「妨礙遊戲進行者，以及不聽忠告，堅持前往走廊者，都算ＬＯＳＴ。」

「意思是他們死了是嗎？」和樹悄聲道。

「請說是ＬＯＳＴ。剩下的是在場的十九人。」

龍次瞪視著螢幕，低語一聲「真是無聊」，就邁步朝出口走去。

「龍仔，你去哪？」小弟明夫向他喚道。

「我要回去。」

龍次作出很理所當然的回答。

「現在還不能回去，我要你們在遊戲裡奮戰。」頭目道。

「我才不陪你玩呢，我要回去。」

「如果你不參加，就會和搭檔一起ＬＯＳＴ，這樣也無所謂嗎？」

「隨你便。」

龍次不予理會，逕自朝出口大門走去。

「他是認真的嗎……」

啟太很感興趣地望著龍次背影。他真的能平安無事地走向走廊嗎？先前在教室裡目睹的慘劇掠過腦海。違抗頭目來到走廊上的人，全都當場斃命，如果是這樣，龍次也會死。在又怕又想看的心情下，啟太注視著龍次。隨時都有可能發出轟然巨響，將龍次肚子炸開，啟太在腦中想像那個畫面。不光是啟太，其他人似乎也都這樣想像著，有人屏息注目，也有人閉上眼睛不敢看。

來到離大門十公尺遠處，龍次起了變化。他的步伐變慢，身體弓成L型，往前傾倒。

「唔……」

他緊按著肚子，全身不住顫抖，發出痛苦的呻吟。這名全校最兇悍的人，會這麼輕易就喪命嗎？

「龍次！」

原本在一旁屏息凝視的陽子，這時突然衝向前，想解救自己的男友。

「不能去啊！」

和樹想加以阻止，但陽子不予理會，仍往前奔去。沒人有勇氣追上前阻止她，所有倖存的人都只會在一旁觀視。

在來到龍次前方一公尺處，陽子突然停步。

「唔！」她發出痛苦的呻吟，倒臥地上。

「龍仔、陽子！」

明夫縱聲叫喊，應該是想前往相救，但他無法戰勝恐懼，只能留在原地。龍次與陽子的呻吟聲傳遍整個體育館。其他人什麼事也不能做，就只能呆立原地。要是一直這樣放著不管，龍次和陽子早晚會沒命，但沒人敢前往解救。

「反過來看……」啟太如此低語，眾人皆望向他。

「反過來看怎樣？」彩香向他問道。

「有辦法走到那裡。」

「那又怎樣？」

「那裡是界線，如果待在界線內不會有事的話，他們兩人就有救。」

「真的嗎？」明夫大聲問道。

「應該是。不過我一個人沒辦法辦到，需要有人幫忙。」

「我願意。我該怎麼做？」明夫自願幫忙。

「還要再一個人。」啟太望向其他人，大地一臉歉疚地移開目光。

「既然這樣，我也幫忙吧。」開口的人是和樹。

「不愧是模範生。」雖然這不是在開玩笑，但平時慣用的口吻一時還是改不過來，啟太一如平時那樣說道。

「用不著說恭維話，我該怎麼做？」

「我們到那兒去，把他們兩人拉回來。」

「這樣不會有事吧？」明夫一臉擔心地說道。

「如果對方的目的是殺人，他們兩人早就死了，但他們現在不是還在痛苦地掙扎嗎？」

倒在出口前方的龍次和陽子正痛苦地全身痙攣。

「我負責拉龍次的頭，明夫拉陽子的腳，和樹從後方拉我們兩人，這就是我的策略。」

「用這麼簡單的方法，龍次和陽子就能獲救嗎？」

明夫如此問道，一臉不太滿意的表情。

「沒試試看怎麼會知道，不過他們應該會獲救。」

「該不會連我們也會倒地不起吧？」

「到時候我們身後的和樹會拉我們回來。」

「可是……」明夫顯得躊躇。

「你如果怕的話，我自己一個人去。」啟太出言激他。

「你腦袋有問題啊！我的字典裡沒有怕這個字。」明夫逞強道。

「那我們走吧。」

啟太邁步向前，明夫與和樹緊跟在後。想起先前在教室裡的腹痛如絞，便覺得胃部隱隱作疼。若是繼續走下去，或許會和那時候一樣出現劇痛。不，是很有可能。他們行動的目的雖是解救龍次和陽子，但當中也包含實驗的成分在。雖然是很蠢的實驗，但值得一試。啟太每次買回新的電玩遊戲，一定會讓電玩角色到不是道路的地方走走看，看會不會有ＢＵＧ，這和那是同樣的道理。啟太推測，現在應該有人在監視著他們。對方想必是個龐大的組織，否則不可能將高中一整個班級的學生全都綁架。監禁的地點在學校內，這點也教人想不透。難道是學校裡的老師和其他班級的學生聯手來整三年Ａ班？若真是這樣，其目的何在？而且啟太他們午餐後所吞服的膠囊，如果就是引發腹痛和爆炸的原因，那麼，這膠囊又會是誰做的？

「真想不透。」啟太低語道。

「怎麼了？」

不知何時，和樹已來到他身旁。

「馬上就會感到劇痛了。和樹，你稍微後退點，否則我們倒地時，你就沒辦法救我們了。」

「我明白了。」和樹後退一步。

像這種時候，模範生特別好用。啟太記得曾經看某本書上提過，比起性格多疑的人，個性容易相信別人的人比較幸福。如果這句話說得沒錯，那麼和樹會過得很幸福，啟太則不然，不過這種調查結果並非絕對。

「比預期的還要早。」

來到陽子倒地處的前方三公尺，啟太開始感到腹痛。這裡離龍次有四公尺遠，他手按住腹部往前走，明夫從他身旁超越。

他不會痛嗎？他本想開口詢問，但一時間痛得開不了口。明夫額頭汗珠直冒，緊咬著牙往前。原來他一直在強忍痛楚，應該是很想解救龍次吧？不良少年之間的情誼可真深厚。看明夫展現這樣的行動，啟太一方面覺得無趣，一方面也激起了鬥志，但明夫的毅力也只到此為止，他在陽子前方應聲倒地。

「抓……抓住她的腳。」

啟太強忍劇痛，勉強說出這句話。講完話後，內臟糾結在一起，痛得他視線為之模糊。明夫一臉痛苦難耐的表情，在地上爬行，一把抓住陽子的腳。啟太躺在地上，伸手抓住明夫的腳。

「和樹……拜託你了！」啟太死命地叫出聲來，和樹伸手抓住他的腳，三人就這樣在地上被拖行。啟太他們強忍著劇痛，痛得死去活來，但看在旁人眼中，他們三人在地上被拖行的模樣想必很滑稽。一離開出口處，腹痛馬上不藥而癒，啟太站起身思索。

「這樣搆不到龍次。怎麼辦？」明夫發起牢騷。

「只好再去一次了。」

「到不了那麼遠吧。」和樹說。

「不去的話，救不了龍次。不過在那之前，我想先去查看一個地方。」

語畢，啟太前往舞臺旁的器材室。

一定要打開啊。

他手按門把，在心中祈禱，把門滑向一旁。沒上鎖的這扇門很輕鬆就被打開了，突破了第一關。不過，走進裡頭不會有事嗎？他有點擔心。往前跨出一步，沒感覺到腹痛，走了兩、三步，一樣不覺得痛，突破第二關。他環視器材室內，找尋某樣東西。裡頭擺滿了跳箱、助跳板、軟墊、平衡木、打掃用的拖把，遲遲找不到他要的東西，後來才發現那就靜靜地放在器材室角落。那是拔河用的麻繩，這麼一來就突破了第三關。啟太抱起麻繩，返回體育館。

「真虧你想得到，可是龍次已經沒力氣抓住繩索了。」和樹道。

「要有人用繩索纏住身體，前往龍次身旁抓住他的腳，然後我們再合力把人拉回來。」啟太回答。

「那誰要去？」

和樹說完後，眾人皆把臉轉向一旁。那樣的劇痛，應該沒人想再體驗一次。就連個性魯莽的明夫和陽子也躊躇不前，沒人願意當英雄。

「那就猜拳決定吧？」啟太問。

「是龍次自己擅自行動，我們沒道義救他吧？」大地回答。

「可是，總不能見死不救吧？」和樹加以反駁。

「那麼你去啊。」羅伯特說。

「真傷腦筋……」和樹咕噥道。

眾人皆沉默不語。

「我看還是猜拳決定吧。」啟太道。

「我去。」一名女孩舉起手，是美雪。

「妳是認真的嗎？」和樹問。

「喂，既然美雪說她要去，你幹嘛還這樣問？我們快準備吧。」羅伯特催促道。

「我好歹也是田徑社的。而且，只要在開始腹痛前撲向龍次的腳就行了。」

「可是美雪，妳的專長不是跳遠，是跳高耶。」

彩香在一旁多嘴道。

「不然彩香妳去啊？」美雪將矛頭朝向彩香。

「我不行。」

「運動看的並不只有運動能力，還要看膽識。請不要以為妳在爬樓梯比賽中獲勝，就覺得運動能力比我強。真正的能力，是在被逼入絕境時才會發揮的。」

美雪之前雖然顯得若無其事，但其實很不甘心在爬樓梯比賽中輸給彩香，所以才會想藉由這種有勇無謀的挑戰來挽回名聲。

「美雪和龍次搭檔，這表示她在爬樓梯比賽中的名次很低對吧？」啟太悄聲向彩香詢問。

「她被我超越後就失去鬥志，好像在途中還鬧脾氣。」

「原來是這麼回事。」

美雪的運動能力雖強，但她屬於專注力無法持續的類型，所以無法發揮天生的優勢體格，在大型比賽中總是難以創下佳績。啟太明白後，開始為解救龍次做準備。他請和樹幫忙，以拔河用的繩索纏在美雪身上。

「美雪，拜託妳救救他。」陽子向她請託。

「包在我身上，有辦法救龍次的人……就只有我了。」

語畢，美雪做了個深呼吸。在場所有人都感受得到她的緊張情緒。

「我要上了！」美雪就像平時要跳高時那樣大喊一聲，朝龍次衝去。明夫、和樹、啟太放鬆繩索。眾人皆屏息注視著全力衝刺的美雪。她維持最快的速度，大喝一聲「嘿！」，在來到龍次前方五公尺處，蹬地猛力一躍。

「好強啊！」啟太忍不住叫好。

美雪在龍次面前落地後，就此往前撲倒，她的手緊緊握住龍次的腳踝。從啟太這裡看不到美雪的臉，但應該是很痛苦的表情吧。

「好，用力拉。」和樹喊道。

除了啟太和明夫外，陽子也加入幫忙拉繩索。龍次和美雪在地板上一路滑行來到眾人面前，龍次表情扭曲，狀甚痛苦，但似乎沒受傷。

「美雪，幹得好。」明夫道。

「龍次，你不要緊吧？」陽子哽咽道。

「我不要緊，本以為死定了，不過最後還是保住了一命。美雪，謝啦。」

大夥兒正鬆了口氣時，從大型螢幕傳來一陣冷笑聲，是戴著面具的頭目在朗聲大笑。

「有什麼好笑的！」啟太厲聲道。

「真是抱歉。我的笑絕沒有惡意，請見諒。不過，你們只要贏了遊戲就能回去，大可不必冒這個險。」

「我們才不跟你玩這種遊戲呢。」和樹以高傲的態度回應。

「那麼，你們所有人都會在這裡LOST喔。」

LOST應該是死亡的意思。之前頭目曾在三年A班的教室裡說過「要是有人跑到走廊上，便會LOST」。而跑到走廊上的人果然立即喪命。若不進行遊戲，便會遭殺害。安排這一切的人，根本不把人命當一回事。

「我們該怎麼做？」

不比等向前走出一步，如此問道。溝口不比等雖然會念書，但配合度低，在班上不得人緣。以前曾聽不比等提過，他這個很少見的名字是取自奈良時代的貴族藤原不比等，意思是具有別人望塵莫及的卓越才能。

「你不要相信那傢伙的鬼話！」明夫加以威嚇。如果是平時的不比等，肯定會嚇得馬上退縮，但處在眼下這種荒誕的情況下，他似乎已豁出一切。

「我願意玩這個遊戲。如果大家都不玩的話，我就能不戰而勝，到時候會放我回家吧？」不比等如此說道，打算搶先。

「如果只有一組參加，就會是這種結果。」頭目回答道。

「你們大家都不參加對吧？」不比等問道，其他人不予理會。

「參加遊戲者就只有溝口不比等同學一人，這樣沒關係嗎？」頭目問。

「我可沒說不參加喔。」啟太撐大鼻翼，如此應道。

「那麼，宮野啟太同學也要參加對吧？」

「好啊。」啟太簡短地應道。

「其他人呢？」頭目問。

除了不比等和啟太外，眾人都猶豫不決。如果不參加遊戲，便會被殺害。但參加後，可能會有更可怕的事等著他們。想到這裡，便很難做出抉擇。

「沒人表明不參加，所以視同全員參加。」

頭目不容分說，擅自做出決定。沒人對此有意見。

「現場有一名陌生的女孩。」啟太將目光投向那名叫醒眾人的短髮女孩。其他人也很在意她的身分，但感覺她就像是完全碰不得的人物，所以沒人提到她。

「你是在說我嗎？」

在眾人的注視下，女孩誇張地擺出困惑不解的表情。

「妳是什麼人？」啟太問。在這種情況下，還能神色自若地出現在這裡，怎麼想都覺得奇怪。

「我也是這個遊戲的參加者，名叫三崎玲奈，請多指教。」語畢，玲奈側著頭，像轉學生在自我介紹般嫣然一笑。

這種回答沒人信。啟太思考著該如何繼續提問。

「她是從其他地方進入這個遊戲裡的。」頭目道。

「這樣不算是回答。」啟太緊咬問題不放。

「我是在其他學校被捲入這個遊戲中的。不過，我其他的同學們都因為想逃走而ＬＯＳＴ，所以只剩我一人。」玲奈以平靜的口吻說道。她真的是高中生嗎？看起來不像同年紀的人……

「在遊戲中獲勝的人不是可以回家嗎？」和樹問。

「她的同學們在遊戲開始前便已ＬＯＳＴ，所以她還沒玩過遊戲。」頭目流暢無礙地回答。

「就是這麼回事，真教人生氣。」玲奈道。這女孩著實可疑，但就算繼續追問下去，想必也不會有什麼收穫。啟太與和樹都不再開口。

「看來，三崎玲奈同學參加一事，大家都已能接受。那麼，就由我來說明規則吧。遊戲採得分制，以兩人搭檔分組進行。」

「兩人搭檔？」啟太蹙起眉頭。要玩遊戲的話，單打獨鬥最好，搭檔往往會扯後腿。

「要和誰分組？」

之前一直悶不吭聲的高志，朗聲問道。

「你們應該都已決定好搭檔才對。」

頭目的回答，令啟太有種不祥的預感。

「該不會是爬樓梯比賽的分組搭檔吧？」和樹代表眾人提問。

「沒錯。不過，沒參加比賽的黑川羅伯特同學和青山愛理同學，請容我擅自安排他們兩人搭檔。」

爛透了。啟太雖沒說出口，卻在心裡吶喊。彩香這個粗魯的女人，就像連腦子裡也都長滿了肌肉，竟然要和她搭檔？她肯定會扯後腿。得想想辦法才行，但該怎麼做才好呢？不，在那之前，得先確認是什麼遊戲才對。安排這一切的可能是某個巨大組織，一群草菅人命的人渣，甚至想像不出會被他們怎樣惡整。

「請讓我們自己挑選搭檔。」

高志如此說道。聽到他提出這樣的要求，啟太伸手搔頭。這並不是在模仿昭和時期的名偵探金田一耕助，雖然啟太並不討厭《犬神家一族》、《八墓村》、《獄門島》，但他其實是福爾摩斯迷。

「你想向我發表意見是嗎？」

頭目的聲音冷峻地響起。要是惹惱他，似乎有可能就此ＬＯＳＴ……

「既然要玩這種賭命的遊戲，我希望能和喜歡的人一起奮戰。」

高志如此說道，一點都不害臊。

真的假的？啟太驚訝得說不出話來。在這種情況下，光明正大地說出如此浪漫的話，直教人聽得目瞪口呆。

「你想和誰搭檔？」頭目以客氣的口吻詢問。

「上村結衣。」

高志與結衣正在交往的事，就連向來不過問別人感情狀況的啟太也知道，所以就算說全校的人都知道這件事也不為過。也正因為這樣，高志才能肆無忌憚地說出他想和結衣一起奮戰。而真正令人意外的是，頭目竟然很誠懇地回應他的要求。啟太原本猜想，頭目只會冷冷地喝斥他一句「不准」，要是運氣再差一點，說不定會直接判他ＬＯＳＴ。

「上村結衣同學，妳願意嗎？」頭目問。

被叫到名字的結衣來到高志身旁，輕聲回覆一句「我願意」。

「那麼，交換成立。」頭目很乾脆地同意他們交換搭檔。

不會吧？如果這樣能獲准，啟太也很想交換，可能在場大部分人心裡也都這麼想。真的就這樣交換，什麼事也沒有嗎？他感到心神不寧。原本是高志搭檔的金子千穗開口道「那我要怎麼辦」，同樣的，原本是結衣搭檔的渡邊準嘀咕著「那我呢」，一副不知如何是好的模樣。

「搭檔離開的金子千穗和渡邊準，判定ＬＯＳＴ。」頭目無情地宣布。

「什麼！」啟太大驚。

千穗和準的身體猛然弓成Ｌ形，緊按著腹部，一臉痛苦。

「救、救我……」準向同學們求救，但沒人給予回應。

「好、好痛啊……」千穗悲痛地喊道。

「讓千穗和準變成搭檔不就好了嗎？」和樹提出建議。

「這兩人不受原本安排好的搭檔信賴。不受信賴的人，沒資格參加遊戲，所以ＬＯＳＴ。」

「可是……」和樹極力抗辯。

「反抗的人將會ＬＯＳＴ，絕不寬待喔，牧田和樹同學。」

「ＬＯＳＴ」一詞，比「水戶黃門」的印籠[2]更具威力。想救他們兩人的和樹，一時也無言以對。這個叫頭目的人，根本就殺人不眨眼。

倒在地上的千穗和準顫抖著身子，爬向出口。他們是因為知道同學們沒有能力救他們，一時不知何去何從，所以才爬向出口嗎？還是只想著要遠離這個地方？千穗和準全身顫抖，只靠雙手的力量在地上爬行，模樣看起來很駭人，但這透露出一切即將結束。

「哎喲——」

準放聲大叫，緊接著轟的一聲，他的腹部爆炸，身體就此分家。

「呀——」千穗發出絕望的尖叫。接著同樣轟的一聲，腹部炸出一個空洞。

「我……」千穗話說到一半，就此殞命。

「不會吧。這不是真的……」瞳無力站立，當場癱軟。

對於他們兩人的死，覺得自己有一份責任的高志和結衣，害怕眾人的目光，顯得惴惴不安。

「你們不必擔心，錯不在你們。」啟太對他們說道。

「真正有錯的，是幹下這等惡行的頭目。」和樹也在一旁幫腔。

館內因恐懼和悲傷而靜默無聲，幾欲令人喘不過氣來，而打破這陣沉默的是個女孩的聲音。

「我也想換搭檔。」說話者是不比等的搭檔野村美沙。

「別開玩笑了。搭檔離去的人會有什麼下場，妳剛才不也親眼目睹過嗎？」不比等慌了起來，衝向美沙面前。

「這不關我的事。」

「不關妳的事？我會被殺掉耶。」

「結果還不是一樣。就算我和你搭檔，也贏不了遊戲吧？」

美沙將不比等撞開。

2. 印籠：水戶藩第二任藩主德川光圀，有許多關於他巡遊各地行俠仗義的故事。印籠則是用來裝印章或藥物的小容器。水戶黃門以此作為表明身分的信物。

啟太猶豫該不該出面調解。現在還不知道會進行怎樣的遊戲。如果是運動型遊戲，不比等確實沒什麼戰力，但如果是益智型遊戲，他應該頗具戰力。不過，啟太也不希望因輕舉妄動而受到波及。

「可以更換搭檔對吧？」

美沙向螢幕上的頭目確認。

「野村美沙同學，妳確定要提出更換搭檔的要求？」頭目問。

「確定。」

美沙回答後，不比等雙手抱頭喊道「這什麼嘛！為什麼會這樣」。眾人都以為不比等難逃一死。雖然他是班上的討厭鬼，但眼看他將要腹部爆炸，就此喪命，終究還是於心不忍。

經歷了短暫的沉默。本以為溝口不比等會被宣判死刑，沒想到最後頭目卻是冷冷地說了一句：

「更換搭檔的要求駁回。」

「咦？」美沙板起臉孔，瞪視著螢幕。

「荒木高志同學一心想和上村結衣同學成為搭檔，因而提出更換要求。相較之下，野村美沙同學明知提出要求後，搭檔會有什麼下場，卻只為了自己能活命，而提出更換搭檔的請求，是一種投機取巧的卑劣行為。我最厭惡這種人。」

頭目這番話聽得啟太怒火中燒。螢幕上這個面具男根本是這世界的暴君，既然是暴君，那就徹底貫徹暴君的樣子。這時候講大道理，聽了也不會令人信服。

「野村美沙同學ＬＯＳＴ。」頭目說。

「這、這什麼嘛。為什麼我……」

根本不需要理由，就只是頭目想誇耀自己的力量。只要我看誰不順眼，就能輕鬆殺掉他，以此威脅眾人。

「我不要，我還不想死。拜託你，我什麼都願意做，請饒了我。」美沙開口求饒著。

「那麼，我給妳五秒的時間。妳要是能在五秒的時間內逃出體育館，我就網開一面。五……」

「嚇！」美沙驚呼一聲，頭也不回地朝出口衝去。

「四。」

美沙邊跑邊發抖。她向來跑不快，再加上緊張，可能更加使不上力。她身子歪斜，跑不出速度。

「三。」頭目故意大聲喊道，好讓跑遠的美沙能聽見。

來到離出口三公尺處，美沙突然腳底打滑，跌了一跤。

「二。」

美沙想要重新站起，但因為太過焦急而往前撲倒。

「一。」

不忍卒睹。啟太正準備把視線移開時，發出轟的一聲，眼角餘光看見美沙的身體飛向半空。

「呀——」美沙慘死的叫聲迴盪耳際。

美沙的死，打擊最大的人沒想到竟是不比等。沒有了搭檔，就無法參加遊戲，也就是說，他將會ＬＯＳＴ。他似乎想到了這點。

「我會變成怎樣？」不比等有氣無力地問道。

「我幫你準備了新的搭檔。」

頭目說完後，那名女孩便走向不比等身旁。

「請多指教。」玲奈伸出右手，不比等則是雙目圓睜，一臉驚訝。玲奈想和他握手，但不比等沒有反應，於是玲奈改為獻上擁抱。

「和我一起在遊戲中獲勝吧。」玲奈朝不比等耳畔細語。

「啊……好。」不比等呆立原地。

這下棘手了。第一個表明要參加遊戲的不比等與神祕女孩結為搭檔。兩人都幹勁十足，這麼一來，其他人也非得認真進行遊戲才行。綁架啟太他們的不光是個巨大的組織，還很了解人們的心理。他們早料到會有女孩因為發牢騷而被判ＬＯＳＴ，才把玲奈送來這裡。啟太等人的性命，完全被他們玩弄於股掌。

3

「開場白說太長了。那麼，在此說明一下遊戲吧。我們在各位的制服左胸處貼了一個特殊的平板電腦。」

經頭目這麼一說，有人這才發現左胸的平板電腦。

「現在顯示的是藍色的心型符號，這是顯示生命危險狀態的生命記號。三點是藍色，代表安全，兩點是黃色，代表注意，一點是紅色，代表危險。當點數為零時，就會判定ＬＯＳＴ。」頭目說明道。

啟太他們被當作遊戲角色，到底是誰在做這種事？如果是政局不穩或處於戰亂狀態下的國家，孩童遭綁架或誘拐的事件時有所聞，但這裡可是和平的日本啊。

「一開始會先請女生進行簡單的遊戲。女生留在舞臺前，男生則請站到十公尺遠的白線外。」

頭目這番話，令在場的男女都感到困惑不解。

「遊戲不是兩人搭檔進行嗎？」啟太拋出問題。

「並非全部都是團體戰。」螢幕上的頭目回答。

看來一切只能看彩香的了。如果是像爬樓梯那種單純的運動型遊戲倒還好，但要是益智型遊戲，她可就沒得指望了。

「要是有什麼狀況，我會給妳建議。」

啟太悄聲說道，但他身上就像裝設了高效能的竊聽器一般。

「這場遊戲要由女生自己思考，禁止給予建議。」頭目說。

這下可傷腦筋了。剛才頭目說「要由女生自己思考」，那表示是益智型遊戲。啟太並非瞧不起彩香，但心中的不安實在無法揮除。

「怎麼辦才好……」

瞳正要離開舞臺時，和樹拉住了她。

「雖然不知道對方會玩什麼把戲，不過妳一定沒問題的。」

和樹說出毫無根據的話。

「可是我好怕，要是輸了就會死。」

「不能棄權嗎？」和樹問。

「不行。棄權視同ＬＯＳＴ。」頭目冷冷地應道。

如果不參與遊戲，便會不容分說地遭殺害。既然這樣，只有硬著頭皮上了。

「我想，應該不會馬上就ＬＯＳＴ。生命記號顯示為安全，妳不用擔心。」

和樹對瞳如此說道。你是說真的嗎？在一旁聆聽的啟太，差點就脫口向他這樣問道，但他把來到嘴邊的話又嚥回肚子裡，現在不是擔心別人的時候。

「再不快點，會被判定ＬＯＳＴ喔。」

啟太向和樹提出忠告後，就離開舞臺。和樹也馬上和瞳道別。彩香、瞳、奈緒子、美雪、陽子、愛理、結衣、玲奈這八名女生留在舞臺前。男生只能在十公尺遠的白線外觀看。

「這場遊戲請由女生自己思考回答，誰作弊就馬上ＬＯＳＴ。」頭目道。在場應該沒人有勇氣作弊吧。

「第一個遊戲是機率的問題。」

頭目說完後，原本漆黑的舞臺突然亮燈。出現寫有「Ａ」、「Ｂ」、「Ｃ」的三道門。

「這三道門當中，有一道門的後方是『答對』，其他兩道門則是『答錯』。選到『答錯』的人和她的搭檔都會扣兩點。」

「要是猜錯，不就只剩一點嗎？」和樹大聲說道。

「就是這樣的規則。」頭目以平靜的聲音回答。

「要是猜中的話，點數會增加嗎？」啟太問。

「不，這是初級問題，就算猜中也不會加分。」

這時啟太已經猜到這會是怎樣的問題。但彩香她知道嗎？他在心中祈禱彩香會知道。

「本山陽子同學。」

被頭目指名，陽子以反抗的口吻應了一句「怎樣」。

「請從那三道門當中選出一個妳認為是『答對』的門。」

「為什麼是我先？」

「指名妳並沒有什麼特別用意。剛才妳那位想離開這裡的男友藤堂同學，妳不是很擔心他，奮不顧身地往前衝嗎？那令我很感動。妳不顧危險地衝向愛人身邊，簡直就是一齣青春的愛情劇。」

「你這傢伙在開我玩笑嗎！」陽子加以威嚇。

「用不著這麼激動嘛。來，請選一道門吧。」

「我說你啊……」陽子道。

「妳不用擔心，這還不是最後決定，是暫定。事後還可以改別的門，為了讓遊戲進行，必須先讓妳們做個決定。」頭目說。

「是這樣嗎……那麼，我選『B』門。」

「大家選的門是『B』。」

聽頭目這麼說，彩香急忙問道：「我們也是選『B』嗎？」

「是本山陽子代表妳們選的。」

聽聞這樣的對話，啟太心中的不安急速膨脹。彩香不懂這個問題，該怎麼辦才好……此時他抓破頭也想不出好辦法。現場禁止提供建議，要是輕舉妄動，將會被判LOST。現在只能仰賴彩香的直覺了。不能自己下場參加，真教人焦急難耐。她的數學不知道好不好……這並不是多難的問題，只要稍微想一下，應該就能想出正確答案。沒問題的，可以選出正確答案。

「沒被選中的那兩扇門，我們先打開『A』門來看吧。」頭目說。

與站在舞臺前的女生們有一段距離的男生個個神情緊張。如果A是「答對」，那所有人都會扣兩點，但問題不是這個。A一定是「答錯」。出題者會從沒選到的那兩扇門當中，打開「答錯」的那扇門，這就是遊戲的規則。

「A」門自動開啟，裡頭有個渾身是血的人坐在椅子上。

「呀——」瞳發出響遍館內的悲鳴。

「看清楚，是人偶。」陽子冷冷地說道。

「咦？」瞳為之一愣，望著舞臺直眨眼。

坐在椅子上的是常用於電影特效，長得和真人一模一樣的人偶。那具渾身是血的人偶靜靜俯視著他們，就像驚悚電影中的場景般，彷彿隨時都會張開嘴發出可怕的笑聲。

「它胸前好像寫了什麼。」陽子道。

人偶的衣服上，以血字寫著「答錯」兩個字。

看過後，眾人皆鬆了口氣。「A」門是「答錯」。那麼，「B」或「C」門其中一個就是「答對」了。

「接下來遊戲才要開始。剛才妳們選了『B』門，不過現在可以改選『C』。要改的人請舉手。」

頭目如此說道，那八名女生開始陷入苦惱。啟太很想衝向前告訴她們正確答案，但這是自殺行為。妳們要加油，作出正確的回答啊。

「沒人要換嗎？」頭目出言確認。

「我要換。」陽子舉起手。

「我也要。」美雪也跟著舉手。

啟太感到如坐針氈。彩香、瞳、愛理、結衣陷入苦思。奈緒子則是一副事不關己的模樣，不管處在何種狀況下，她始終都還是維持美女的形象。要求更換的陽子和美雪的功課向來都很差，這樣會讓人覺得，既然她們兩人更換，那麼自己還是不要更換才對。

「我要換。」又一人舉手，是玲奈。

「要更換的人有本山陽子同學、大澤美雪同學、三崎玲奈同學對吧？其他人還是一樣維持『B』是嗎？」

剩下的五名女生一副猶豫不決的模樣。

「上村結衣同學，妳選『B』是嗎？」

突然被點名問道，結衣回答「是的」。同樣的，彩香、瞳、愛理也都同樣回答「是的」。

「市川奈緒子同學也選『B』是嗎？」

在頭目的詢問下，奈緒子也氣質高雅地回覆道「麻煩您了」。明明有性命之危，她卻不顯一絲慌亂。

「這個班級真優秀。聽說一般有九十九%的人不會要更換，而妳們卻有三人提出更換的要求。」頭目故意煞有其事地說道。

與舞臺前的女孩有一段距離的男生們，全都屏息等候頭目接下來要說的話。

「答對了，是『B』。『B』的門猜中了……」大地喃喃自語。

「很遺憾，不是這樣喔。」啟太在一旁悄聲道。

「為什麼？不是還不知道結果嗎？」大地以慌亂的聲音說道。

「不，早就知道了。正確答案是『C』。」

「這話怎麼說？」

「你看就知道了。」啟太冷冷地說道，視線投向舞臺。

「那麼，我們來打開『B』門吧。」頭目道。

答案就快揭曉。彩香猜自己會「答對」，而啟太則認為是「答錯」。很遺憾，結果一定是「答錯」。眾人皆神情緊繃地等候那扇門開啟。「B」門緩緩打開，門後擺了一張椅子，上面擺著一顆人偶的腦袋。和「A」門一樣，與真人幾乎一模一樣的……不，不對，這不是人偶，而是真正的人頭。啟太大為錯愕，說不出話來。他全身寒毛直豎。他認得這張臉，是他們的導師村松俊弘。村松嘴裡含著一張紙，上頭寫著「答錯」。雖然答錯的人也很震驚，但村松的人頭所帶來的衝擊更大。該不會學校裡的老師和學生，除了在場的三年A班的學生外，全都慘遭殺害了吧？也許真的發生大規模的恐怖事件，所以才會因通訊問題而無法撥通手機，但在這種特殊情況下還讓他們玩遊戲，這也太不合常理了。

原本以為那是人偶的女生，也開始發現那是真的人頭。

「呀——」尖叫連連。

「這不是真的吧……」連彩香也聲音發顫。

男生們一臉愕然地望著人頭。

「如各位所見，B門『答錯』。選『B』的搭檔扣兩點。」頭目以不帶高低起伏的聲音說。

「舞臺上那顆人頭是村松對吧？」啟太馬上拋出問題。

「怎樣？」

「還問我怎樣？是你們殺害的吧？」

「沒錯。」

「為什麼？」

「他是個卑劣的人，所以LOST。」

「我知道村松很卑劣，但罪不致死吧。」啟太激動地說道。

「這個男人想妨礙遊戲進行。」

「他是為了救我們，而做了什麼事嗎？」啟太問。

「不。我們請他幫忙。」

是午餐後吞服的膠囊。村松知道這個遊戲的事。

「他要求封口費，所以我們才給予制裁。」

動這種歪腦筋，很像是松村會幹的事。他稱不上是個優秀的老師。說起來，算是個人渣。好色又不認真，對教育沒半點熱忱，像是整天只想著能不能和可愛的女學生上床的男人。就算他因為這樣而犯罪被捕，也沒人會感到意外，但他終究只算是小奸小惡。不是罪該萬死的大惡人。

「人終究難逃一死，只是時間早晚的問題。這個男人比預定的時間早一點死，如此而已。」

「如此而已？」

「現在的情況可沒時間讓你擔心別人喔。答錯這個問題的人一律扣兩點。」

啟太確認胸前的螢幕。原本的藍色生命記號一度轉為黃色，接著改為表示危險的紅色。

所有人都忙著確認生命記號。就像頭目所說，現在不是擔心別人的時候。就連看到村松的人頭而花容失色的女生們，也全都關心起自己的生命記號。因中途改為「C」門，而沒扣點的陽子、美雪、玲奈三人，則是露出鬆了口氣的表情。玲奈的搭檔不比等甚至做出握拳的勝利姿勢。相反的，被扣點的彩香、瞳、愛理、結衣則是顯得悶悶不樂。只有奈緒子一樣保有冷豔，但隱隱透出不安之色。

「第一回合的遊戲結束。」頭目宣告。

「請等一下。」彩香朗聲道。

「什麼事？」

「這不太對吧？」彩香一副想吵架的口吻。

「妳是指什麼？」

「還沒看到『答對』出現。『C』門也打開來看吧。」

彩香的意見一語中的，但啟太對此不感興趣。「C」門是「答對」沒錯，對方並沒要詐。

「酒井彩香同學說得沒錯。我忘了打開『C』門，真的很抱歉。」

頭目以很客氣的口吻說道。旋即打開「C」門，門後出現一個被箭刺中的箭靶，箭靶上寫著「答對」。

「這樣您能接受了嗎？」

「知道了。」

彩香雖然如此應道，但似乎還是有點不滿，站在舞臺前不願離去。

「真拿她沒辦法。」啟太正想走向彩香時，大地一把抓住他的手臂。

「怎麼了？」

「我只剩一點。怎麼辦？」大地聲若細蚊地說道。

「我也是啊。」啟太讓他看自己胸前的生命記號。

「我們會被判定LOST嗎？」

大地似乎刻意不說「被殺」，改說成「被判定LOST」。想必是說「被殺」顯得過於真實、可怕吧。

「你振作一點，一定有機會扭轉劣勢的。」

啟太說完後，有人暗自竊笑。啟太環視四周，還是看不出竊笑的人是誰。難道是啟太自己聽錯了？不，他確實聽見笑聲，有人很享受眼前的情況。突然有一股難以言喻的不安向他襲來，這種感覺是怎麼回事……他望向四周，在遊戲中答對的搭檔喜上眉梢，答錯的搭檔則是一臉懊悔。不知不覺間，眾人已沉浸在遊戲中，接受了這個不合理的世界。已沒人想懷疑這個世界，為了逃離這裡而反抗。看來他們全中了道。這麼一來，就只會無條件地戰鬥了。

「這下可麻煩了。」

啟太皺起眉頭，這時彩香也無精打采地返回。

「妳為什麼不換成『C』門。」啟太語帶不悅地說道。

「我從以前就籤運不佳。」彩香自暴自棄地說道。

「這不是運氣的問題。只要換成『C』門，就會『答對』。」

「你是知道答案後才說這種話吧。」

聽她這樣回答，啟太重重嘆了口氣。她什麼也不懂。

「我不是知道答案後才這樣說的，這是機率問題。」

「選中『答對』的機率，一樣都是三分之一吧。」

「不！」啟太很肯定地應道。

「咦？」彩香為之無言。

也難怪她不知道，就是因為不知道，所以才會選中「答錯」。

在一九六〇年代，美國有位名叫蒙提・霍爾（Monty Hall）的主持人，他在節目裡炒熱了這個問題。有三道門，當中的兩道門後藏有像垃圾桶這種不值錢的商品，而另一道門後面則是藏著豪華獎品。一開始挑戰者選其中一道門，主持人從沒選到的兩道門當中，打開藏有不值錢商品的那道門，接著讓回答者重新選門。大部分人都會堅持一開始選的那道門，不願更換，但其實更換後選中豪華獎品的機率比較高。

啟太很仔細地向撐大鼻翼、一臉不悅的彩香說明。

「假設有『A』、『B』、『C』三道門，其中有一個是『答對』。」

「每一個的機率都是三分之一吧。」彩香插嘴道。

「這時候確實是如此。陽子選擇的『B』那扇門，是『答對』的機率為三分之一，而剩下的『A』是『答對』的機率也是三分之一，『C』是『答對』的機率也是三分之一，『A』或『C』的其中一個是『答對』的機率為三分之二。到這裡為止聽得懂嗎？」啟太向她確認。

「這種程度我當然懂。」彩香回答道。

「一開始頭目打開『A』門。」

「是『答錯』。」彩香馬上應道。

「沒錯，這時候機率就變了。」

「不再是三分之一嗎？」彩香側頭感到納悶。

「因為『Ａ』門是『答錯』。」

「變成『Ｂ』或『Ｃ』其中一個是『答對』，也就是二分之一、百分之五十的機率是嗎？」

「不，一開始的機率一樣沒變。『Ｂ』是『答對』的機率為三分之一，『Ａ』或『Ｃ』是『答對』的機率為三分之二。」

「可是『Ａ』不是『答對』，這麼說來……」

「『Ｃ』是『答對』的機率就成了三分之二。」

「是『Ｂ』機率的兩倍？」

「沒錯。」啟太頷首。

解釋到這裡，彩香似乎終於明白，但她還是不願坦然承認錯誤。

「原來如此。可是『Ｂ』還是有三分之一的機率不是嗎？如果是棒球，三打數有一安打，這樣便有三成三三的高打擊率呢。」

「這和棒球的打擊率無關。以這次的情況來說，機率高出一倍的『Ｃ』才是正確答案。」

「現在說這個已經太遲了。」彩香鬧起了彆扭。

啟太苦惱了起來。搭檔如果是彩香，就連原本能贏的遊戲也可能會輸。

4

一陣像是在鼓舞士氣的音樂透過校內廣播用的喇叭，以高分貝傳來。那是電影《洛基》主題曲的重新編曲版，改成更為激昂的戰鬥曲風。光聽到這個音樂，身體幾乎就要自己動了起來，做出揮拳動作。

「接下來不知道打算玩什麼遊戲。」啟太臉上蒙上一層陰影。

碰的一聲響，舞臺上的燈光和螢幕消失，改為體育館後方的燈光亮起。那裡有個用鐵絲網圍成的擂臺。喇叭傳出的音樂停止，改傳來頭目的聲音。

「接下來的遊戲，是在體育館後方的擂臺上進行。各位請前往該處。」

聽聞廣播後，啟太和同學們朝體育館後方走去。大家似乎已有所覺悟，知道不可能逃離此地，所以沒人有怨言。那裡有個用鐵絲網圍成的八角形擂臺。比拳擊擂臺還要大上一圈，就像是美國綜合格鬥技大賽 Ultimate Fighting Championship，簡稱UFC的擂臺一樣。左右各有一處入口，一旁擺著像是中世紀騎士所用的華麗裝飾長劍，擂臺旁設有映出頭目畫面的大型螢幕和電子看板。

「第二回合的戰鬥要請各位像雷利・史考特（Ridley Scott）導演的電影《神鬼戰士》那樣，賣力奮戰。」

「這我可拿手了。」明夫馬上應道。

「如果是格鬥技，我不會輸給任何人。」龍次也大動作轉動手臂。

「有意思，我也絕不會輸。」陽子也自信滿滿地笑道。

《洛基》的主題曲與宛如ＵＦＣ般的擂臺，令這群不良少年深感陶醉，顯得鬥志昂揚。相較之下，不比等和大地則是嚇得臉色發白。啟太也不知如何是好，運動類的遊戲他最不擅長。

「我來說明一下規則吧。這遊戲是男女搭檔的團體戰。」

頭目話一說完，螢幕上馬上播出遊戲的展示影片。

藍色角落有個和日本隊足球選手一樣穿著藍色制服的光頭肌肉男和綁著馬尾的女人，擺出戰鬥架式。兩人手上都握著劍。

紅色角落則是穿著紅色背心、手臂有刺青的長髮男子，與身穿紅色中國旗袍的女人，同樣擺出戰鬥架式，兩人手中也握著劍。四人的左胸都貼有平板電腦，螢幕上顯示心型記號，宛如格鬥遊戲「鐵拳」或「快打旋風」的真人版。

「對戰隊伍會拿著準備好的長劍走進鐵絲網內。比賽時間三分鐘，哪一對搭檔先碰到對方男女其中一人的左胸心型記號，就可獲勝，輸的一方則是ＬＯＳＴ。」頭目說明道。

鐘聲響起。

螢幕上映出大大的「開戰！」文字。

藍色制服的搭檔與紅色制服的搭檔持劍交鋒。瞬間，紅衣男揮劍砍向藍衣女。紅衣男手中的劍擦過閃躲的藍衣女馬尾，被砍斷的黑髮在擂臺上飛舞。

「對女人下手，太卑鄙了！」

藍衣男面對紅衣男。這雖是二對二的團體戰，但現在似乎形成藍衣男對上紅衣男，藍衣女對上紅衣女的一對一戰鬥。藍衣男猛力一劍砍下，紅衣男橫劍擋格。就力量來說，藍衣男略勝一籌。最後紅衣男的劍被藍衣男掃飛出去。

「可惡！」紅衣男暗啐一聲。

藍衣男揮劍攻擊。紅衣男使出假動作，移向一旁，想撿拾長劍，但藍衣男迅速擋住他的去路。被逼入絕境的紅衣男，猛然撞向藍衣男。藍衣男使出一記前踢，踢中想要玉石俱焚的紅衣男腹部。紅衣男馬上為之癱軟，雙膝跪地。

「讓我來結束你吧。」

藍衣男正準備要碰觸紅衣男的心型記號時，突然鐘響。藍衣男轉頭一看，紅衣女已碰觸倒在地上的藍衣女身上的心型記號。

「玩家的心型記號被碰觸時，比賽便結束。」頭目加以解說。

擂臺中央，身穿藍色制服的女子痛苦地掙扎，就此喪命。藍色制服的男子抱著斷氣的搭檔走下擂臺。螢幕播出「THE END」的結束畫面。

頭目出現在螢幕上說「比賽規則如上」。

「意思是要我們互相殘殺嗎？」和樹的聲音顫抖。

「不合理嗎？」頭目問。

「為什麼我們非得這麼做不可！」難得和樹會扯開嗓門說話。

啟太默默靜觀眼前的狀況。

「不要說這種撒嬌的話！」

頭目以平靜中帶有駭人氣勢的聲音說道，那過去從未感受過的氣勢令啟太全身僵硬。這所學校也有令人畏懼的老師，但兩者根本是完全不同的層次。頭目光一句話，就讓人打從心底發寒。他絕對不單只是這個遊戲的領航員，他到底是何方神聖？

「你們……」語氣粗暴的頭目，說到這裡停頓片刻，轉為冷靜。

「在各位過去的成長過程中，都不知道生存的嚴峻。如果是在野生環境裡，見面的瞬間便已展開廝殺。海龜一次可以產下上百顆蛋，但大部分都會受到鳥類或魚類的攻擊，可以順利長大的海龜只有一、兩隻。大部分的動物一生下來，就已被捲入不合理的互相殘殺中。」

「或許是這樣沒錯……但這太奇怪了。海龜和其他動物並非是平白被殺害，攻擊牠們的動物也是為了生存才殺了牠們。但這遊戲不一樣。就只是讓我們互相殘殺，不是嗎？」

和樹一副還沒說夠的表情，但要是惹惱頭目，有可能會判定ＬＯＳＴ。其他人或許也期待這樣的結果。大家都遠遠地望著和樹。

「牧田和樹同學，本以為你只是普通的模範生，沒想到你還挺有骨氣的。不過，這並非只是要你們互相殘殺。」

「那麼，這樣做有什麼意義？」和樹問。

「想知道的話，就要努力讓自己存活。」
頭目說完後，短暫停頓片刻。
「在這場比賽中落敗的人會ＬＯＳＴ嗎？」
啟太將話題拉回遊戲上。
「只有胸前的記號被碰觸者才會ＬＯＳＴ。」
「那輸家的搭檔會怎樣？」啟太進一步提問。
「這不用擔心。到時候會再準備新的搭檔。」
新的搭檔是什麼人？雖然腦中浮現這個疑問，但在這之前，有個更重要的問題。
「如果三分鐘後還是分不出勝負怎麼辦？」
「如果雙方平手，兩隊各扣一點。」
頭目的回答令啟太蹙眉。啟太只剩一點，就算平手只扣一點，也將ＬＯＳＴ。要逃出這裡是不可能的事，打成平手又會被殺。既然這樣，只有全力一戰了。
「這樣規則我明白了。那麼，我們的對戰對手是誰？」不比等問。
「關於對戰對手……」頭目如此說道，停頓片刻。
一股令人胃痛的沉默籠罩而來。難道對戰對手另有他人，會從某處登場嗎？還是由同學們之間相互殘殺呢？頭目在讓眾人焦急許久後，這才緩緩開口。
「從你們現在所站的位置右邊開始，我已依序排列對戰組合。」
「什麼！」

啟太望向右側，一旁站著和樹和瞳。他一開始本以為自己的對戰對手是這兩人，但旋即就發現是自己誤會了。如果從右邊依序排列對戰組合，那麼啟太的對手不在右邊，而是在左邊，那是……

「宣布對戰隊伍。」

頭目說完後，眾人不約而同望向螢幕。

「第一場，黑川羅伯特、青山愛理VS.田中明夫、本山陽子；

第二場，荒木高志、上村結衣VS.溝口不比等、三崎玲奈；

第三場，藤堂龍次、大澤美雪VS.牧田和樹、安達瞳；

第四場，宮野啟太、酒井彩香VS.飯田大地、市川奈緒子。」

興奮、嘆息、緊張、不安夾雜的氣氛籠罩著館內。就算是平時以蠻力自豪，常鬥毆打架的人，應該也是第一次面對這種以命相搏的戰鬥吧。而且對手不是常和自己爭鬥的敵人，而是無怨無仇的同班同學，沒辦法使出全力戰鬥，但似乎也有人不是這麼想。

「只要贏了這場，就能回家對吧？既然這樣，那也沒辦法，只好上了。」

明夫如此說道，踏著拳擊步法，展開暖身運動。

「我老早就看那個混血兒不順眼了。」

他的搭檔陽子也鬥志高昂。

這是偶然嗎？啟太看著螢幕上的對戰組合，表情無比凝重。如果說是偶然，未免也太會安排了。第一場登場的明夫和陽子個性急躁、火爆，雖然是攸關性命的遊戲，但若說到這八組搭檔當中，有誰會毫不猶豫地上場戰鬥，大概就只有這兩人了。而且他們與對戰對手羅伯特和愛理向來不睦。如果第一場這四人就毫不猶豫地展開戰鬥，那麼這種情況也就會變得稀鬆平常，後續的第二場、第三場、第四場，眾人也都會毫不遲疑地展開戰鬥。這組合的巧妙之處還不光是這樣，這場比賽中，有一個不必戰鬥的方法，那就是平手。但平手會扣一點。在一開始的遊戲中答對的明夫和陽子、不比等和玲奈、龍次和雪美，都保有三點，所以就算平手也不會被判定ＬＯＳＴ，但其他搭檔要是最後取得平手，則兩人都會ＬＯＳＴ。這場比賽的分組，從第一場到第三場，都是一個點數的搭檔與三個點數的搭檔對決。只有一點的搭檔如果取得平手，結果將會比落敗還悲慘。而啟太上場的第四場，對戰的四人都只有一點。要是打成平手，四個人都只有死路一條。啟太將目光移向擂臺，明夫和陽子正持劍走進鐵絲網內。長劍雖然不像日本刀那般鋒利，但用來砍人似乎綽綽有餘。

「快點到擂臺上來吧。」

明夫面向對戰對手羅伯特和愛理，擺出要對方過來的挑釁動作。

羅伯特遲遲不願向前，向明夫問道「真的要打嗎」。

「那還用說。」明夫馬上應道。

羅伯特和愛理似乎正在絞盡腦汁思索，看有沒有可以迴避這個遊戲的方法，但始終想不出對策。逃離這裡將會腹部爆破而死，要是與明夫和陽子交手，就算平手，最後也會因為扣一點而喪命。要存活下去，就只有戰勝對手一途。

「黑川羅伯特同學、青山愛理同學，請拿起劍到擂臺上來。如果放棄比賽，將直接ＬＯＳＴ。」頭目說。

「也只有上了。」

羅伯特語帶嘆息地說道，拿起劍，露出誇張的驚訝表情。

「這是真的劍呢！要是用它來刺人，可是會讓對方沒命的。」

「當有人無法戰鬥，也就是有人喪命時，遊戲便宣告結束。而這場比賽將判定無效，點數維持原樣，比賽結束。」頭目說明道。

「真是可怕。」羅伯特如此說道，向愛理使了個眼色。

難道這兩人有什麼作戰計畫？在擂臺旁觀戰的啟太有點擔心。他擔心的不是明夫和陽子輸給羅伯特和愛理，而是擔心連羅伯特他們也啟動戰鬥模式。因為所有人都已有所覺悟，明白無法從這場遊戲中逃脫，做好了這樣的心理準備。這裡已經成了一個沒血沒淚、弱肉強食的世界。

羅伯特與愛理也站上擂臺，四人展開對峙。

「第一場開始。」

頭目說完後，鐘聲敲響。

擂臺上的四人正面對峙。

「我們有三點，所以就算打成平手也不痛不癢，但你們可就不同了。」陽子語帶挑釁地說道。

「既然這樣，那妳就輸給我們吧。」羅伯特說。

「才不要呢。」陽子揮動長劍。

羅伯特和愛理四處閃躲，明夫和陽子揮舞手中長劍，在後頭緊追。羅伯特和愛理在這八角形的擂臺上四處逃竄，雖然陽子和明夫不斷緊追，但就是遲遲解決不了他們兩人。

「你們在幹什麼？好好戰鬥啊！」在一旁觀戰的龍次大聲喊道。

「不太對。」啟太悄聲道。

「怎麼了？」一旁的彩香問。

「羅伯特和愛理好像有什麼作戰計畫，所以才一直逃。」

「對上明夫和陽子，也只能逃吧。」彩香說。

「是這樣嗎……」

如果是自己在這場比賽中戰鬥，會想出什麼作戰計畫呢？就算運氣好，能連續逃三分鐘，但最後還是會因平手而ＬＯＳＴ。即使正面應戰，雙方也實力相差懸殊，不會有勝算。但真的沒有勝算嗎？啟太思考許久，最後答案還是沒變，他們沒那個本事，可以碰觸手持長劍的明夫胸口。這樣的話，還有其他方法嗎……啟太想到這裡，突然感到全身發毛。羅伯特在站上擂臺前，曾拿起長劍說道「這是真的劍呢！要是用它來刺人，可是會讓對方沒命的」。那是在問頭目，如果殺死對方，會有什麼後果。

頭目的回答是，當有人喪命時，遊戲便宣告結束。比賽將判定無效，點數維持原樣，比賽結束。羅伯特只要殺了明夫或陽子，遊戲便結束，羅伯特和愛理也就獲救了。

「難道他打算殺人？」

啟太視線望向擂臺。羅伯特雖然一路逃，但眼睛仍不時窺探明夫和陽子的破綻。電子看板的時間一分一秒過去，已邁入最後一分鐘。羅伯特一面持劍與明夫交鋒，一面窺望陽子和愛理。她們兩人的實力相差懸殊，陽子正用那把劍劃破愛理的角色扮演服裝，以此當玩樂。愛理裸露的雪白肌膚，令在場男生們興奮得忘了現在所處的狀況，陽子持劍切斷愛理的胸罩肩帶後，白皙Q彈的胸部完全裸露，啟太一時也看得目不轉睛。愛理甚至忘了伸手遮胸，死命地揮動長劍，但陽子全都輕鬆避開。男生們的目光全緊盯著那對搖晃的豪乳。陽子在玩弄愛理。

「明夫他們打算以平手的方式，讓他們ＬＯＳＴ嗎？」啟太說。

「這話怎麼說？」一旁的彩香問。

「雖然明夫和陽子個性粗暴，但畢竟還是不忍心親手殺害自己同學。如果就這樣平手，儘管他們沒親自下手，羅伯特和愛理還是會被判定ＬＯＳＴ。」

也許明夫和陽子比想像中來得冷靜。要是平手，他們自己也會被扣一點，但若能因為這樣少去兩名對手，這樣的選擇也不壞。如果他們想到了這點，那也就可以猜出羅伯特的作戰計畫是什麼了。

不惜殺死自己的同學或朋友，也要活下去，那四人是真的這麼想嗎？啟太心中產生迷惘。不行，我要分清楚。因為啟太自己也非得站上擂臺不可，如果不分清楚，將這一切都視為遊戲，一定會落敗。

只剩三十秒了。陽子正專注地欺負愛理，完全背對羅伯特，露出短暫的破綻。

「喝！」

羅伯特朝陽子背後一劍砍下。就在那時，陽子迅速移向一旁。

「什麼！」

面對這出乎意料的結果，在擂臺旁觀戰的同學們全都臉色大變。羅伯特砍下的那一劍並非砍向陽子背部，而是血淋淋地剖向他前方愛理的身軀，鮮血從雪白的肌膚飛濺而出。

「呀——」

愛理大叫一聲，就此倒臥地上。羅伯特呆立在她身上流出的血泊中，無法喘息，但比賽的倒數時間不曾停止，愛理也還沒斷氣。再這樣下去會平手，羅伯特也將沒命。

「好痛……好痛……為什麼是砍我……」愛理不住抱怨。

「對不起，愛理……對不起，不應該是這樣才對啊。」

羅伯特忘了自己有性命危險，不住道歉。

「我不想死。就只有你活下來，太卑鄙了，你和我一起死……」

愛理使出最後所剩的力氣，抓住羅伯特。比賽只剩最後十秒。要是就這樣時間到，不光是愛理，羅伯特也會一起喪命。
「快點讓比賽結束，碰觸愛理的胸口。」
羅伯特發現自己所處的狀況，大聲叫道。
「一起死吧……」
「不，我還要活下去。妳快死吧！」羅伯特大聲吶喊。
他的對戰對手明夫和陽子，朝羅伯特投以冰冷的眼神。
最後五秒、四秒、三秒、二秒……
「救命啊！」羅伯特吶喊。
告知比賽結束的鐘聲敲響。在最後一秒時，愛理斷了氣。
「由於青山愛理同學死亡，比賽結束。勝利者是田中明夫同學和本山陽子同學，存活的黑川羅伯特同學請退出擂臺。」頭目制式化地說道。
明夫和陽子一臉不悅地走下擂臺。
「愛理，對不起……」
羅伯特低著頭走出擂臺。雖然沒人責怪他，但刺人的目光對他展開批判，只有愛理的屍體留在鐵絲網內。接著碰的一聲，擂臺底部突然消失，愛理的屍體落向無垠的幽暗中。
「這裡真的是我們的學校嗎？」啟太感到納悶。疑似裝設在體內的炸彈、地板會突然消失的鐵絲網擂臺、到處設置的監視器和竊聽器。如此大規模的機關是誰安排的？要啟太他們進行遊戲的不光是一個巨大的組織。要做到這種程度，只有國家級的地下組織才有辦法做到。如果是這樣，他們沒有人有辦法逃離這裡，他們都會被殺。

「第二場開始。」

頭目這句話令啟太回過神來，將目光投向擂臺。下一場比賽是高志和結衣這組對上不比等和玲奈這組，他們四個人也會展開戰鬥嗎？高志和結衣在擂臺旁顯得猶豫不前。

「真的要戰鬥嗎？」結衣向搭檔高志詢問。

「不戰鬥的話就會ＬＯＳＴ。」高志回答。

「可是……」

「讓我們一起在遊戲中獲勝，離開這裡吧。」

高志替結衣打氣。這兩人在提出變更搭檔的要求之前就一直都是情侶，所以感情深厚。

「我沒有把握。」結衣全身顫抖。

「有我陪著妳。」高志說完後，在結衣耳畔說了幾句話。雖然不清楚他說了什麼，但啟太猜得出來。想要在遊戲中獲勝，最好的辦法就是看準對手的弱點下手。玲奈這女孩深不可測，她的運動能力尚屬未知，不過看她那手腳修長的勻稱體格，或許運動全能。若鎖定她下手會有危險，還不如對付運動白痴不比等比較有勝算。

高志與結衣拿起長劍，就像要展現鬥志般，長長吁了口氣，走進擂臺裡。

「我們也上擂臺吧。」玲奈對搭檔不比等說道。

「我很不擅長運動。」

「我們有三點。就算是平手，也不會ＬＯＳＴ。放輕鬆就行了。」

儘管玲奈這麼說，不比等還是很怯縮。

「那個女人不是泛泛之輩。」

啟太聽到他們兩人的交談後，喃喃自語道。在這種狀況下，怎麼可能輕鬆得起來。就算現在有三個點數，但只要左胸的生命記號被碰到就全完了，而且過程中也可能死在對方劍下。

「穿這身制服不太好行動呢。」

玲奈大聲說道，就此脫去制服。

「咦？」

啟太看得雙目圓睜，眾人也都瞪大眼睛。玲奈的制服底下穿著一件比基尼泳衣，緊實的身材，配上渾圓的雙峰，要是她當寫真偶像一定大受歡迎。玲奈將原本貼在制服左胸上的平板電腦，改為直接貼在左胸上。

「這樣動起來方便多了。」玲奈如此說道，嫣然一笑。男人是何等悲哀的生物啊，他們全都被玲奈凹凸有致的泳衣裝扮所吸引。想必這麼一來，所有男生都會替玲奈加油了。要不是她以這身比基尼裝扮登場，這名陌生女孩和班上的討厭鬼所組成的搭檔肯定是淪為客隊，不過現在已反客為主，高志和結衣這組成了客隊，玲奈和不比等則成了主隊。

那女孩果然不是簡單人物。但她的搭檔不比等是個運動白痴，應該沒什麼戰力。她打算怎麼戰鬥呢？

玲奈執起長劍，同時也把劍交到不比等手上，拉著他走上擂臺。

「真的要戰鬥嗎？我運動不行耶。」

不比等還是很怯懦。

「如果你沒辦法戰鬥，就到處逃。因為只要沒輸，就能獲勝……而且，這場比賽或許會有意外的發展喔。」玲奈語帶玄機地說道。

鐘聲響起，第二場比賽開始。

高志和結衣、不比等和玲奈在擂臺中央對峙。雙方都很難展開攻擊，他們就只是瞪視對峙。他們不同於平時就習慣逞兇鬥狠的明夫和陽子，儘管腦中具有戰鬥意識，但身體就是動不了。然而，他們應該不會一直這樣按兵不動。要是以平手收場，高志和結衣便會被判定ＬＯＳＴ。

「該怎麼辦？要是不強迫自己展開行動，會沒命的。」

啟太就像在反問自己般如此說道。

「喂。」當啟太在擂臺旁思索時，彩香朝他手臂戳了一下。

「幹嘛？」

「我有話跟你說……」

彩香拉著啟太從擂臺旁離開。

「你打算就這樣和人互相殘殺嗎？」彩香問。雖然她看起來既有膽識又有體力，但面對這種狀況，還是忍不住發抖。

「我也不想和人打打殺殺，但要是不這麼做，就會ＬＯＳＴ。」

「對方可是大地和市川耶。」彩香壓低聲音。

「用不著妳提醒，我也知道。但要是不戰鬥，以平手收場，最後我們四個人都會ＬＯＳＴ。」

「沒有讓所有人都獲救的方法嗎？」

面對彩香的詢問，啟太露出不耐煩的表情。之前看過這個比賽的展示影片後，他便一直在思索這規則有無漏洞。他馬上便想到平手的方法，如果雙方都是點數多的搭檔，這個方法還管用，但如果雙方都是點數少的搭檔，這樣只會徒增犧牲者。既然無法逃離這裡，除了戰鬥，別無他法。

「怎樣？有沒有什麼辦法？」彩香很不死心地追問。

「很遺憾，沒有辦法。以我們這場比賽來說，最糟的情況是四人全死，最好的情況是只有一人喪命，只有這樣的選擇……啊，等等。」

啟太猛然發現這個遊戲有個大漏洞，頓時感到背脊發冷。經這麼一提才想到，剛才玲奈站上擂臺時，曾說過「這場比賽或許會有意外的發展喔」。啟太現在終於明白她那句令人不解的話背後的含意。

「你看出什麼了嗎？」見啟太突然沉默不語，彩香很擔心地問道。

「這個遊戲或許比我們想像的還要可怕。」

「現在就已經很可怕了。」

「我們先來確認一下高志和結衣會怎樣吧。」

啟太如此說道，準備返回擂臺旁。

「可是，這樣下去好嗎？」彩香拉住他。

「不管發生什麼事，我們都會被迫站上擂臺戰鬥，逃不掉的。」

說完這句後，啟太前往擂臺。

在擂臺上，高志和結衣、不比等和玲奈，正胡亂地揮劍對戰。

「這樣不行啊。像這樣畏畏縮縮的，連蟲子都殺不死。」

已打完比賽的明夫，此刻一派輕鬆地在一旁觀戰。

「長劍很麻煩。因為會和對手保持距離，所以不容易碰觸胸部。」

陽子加以分析。

比賽時間已過了一半。高志死命地揮劍進攻，但畢竟這是生死之戰，不比等也卯足全力抵擋。玲奈將結衣逼至擂臺角落，她臉上泛著殘虐的笑意，朝結衣揮劍。玲奈似乎具有卓越的運動神經。

「高志，救我！」

結衣放聲叫喊，正對不比等展開猛攻的高志，急忙趕來解救。在二比一的情況下，對玲奈相當不利。她漸趨劣勢，不住後退。不比等模樣怯縮地趕來助陣。

「別太勉強喔。」玲奈溫柔地對他說道。

「沒問題，我也能戰鬥。」

站在擂臺旁的啟太一時懷疑自己聽錯了。一切以自我為中心，除了讀書什麼也不會的不比等，竟然會出手協助玲奈，全力投入他最不擅長的戰鬥中。看來，對女性免疫的不比等，已迷上溫柔待他的玲奈。

電子看板上的時間已進入最後三十秒。

「這樣會平手。高志和結衣這對情侶檔會一起親密地ＬＯＳＴ。」一旁觀賽的明夫說道。

不對，接下來應該會發生什麼事才對。啟太緊盯著擂臺。

只剩最後十秒。

擂臺上的高志和結衣背對著鐵絲網，與玲奈和不比等對峙。玲奈攻擊結衣，高志在一旁保護她。

剩下九秒、八秒、七秒……

結衣展開行動，她原本朝向玲奈的長劍突然轉向高志，鼓足全力一劍劈落。

「哇——」

鮮血從高志的臂膀處噴灑而出，結衣斬斷了他的手臂。高志跪在擂臺上，長劍脫手。

「發生什麼事了？」

來到啟太身旁的彩香望著擂臺問道。眾人皆一臉難以置信的表情。

「為什麼？」面對如此詢問的高志，結衣把臉轉向一旁。

高志此時完全沒防備，玲奈伸手碰觸他胸前螢幕上的心型記號。在最後兩秒時，電子看板的倒數計時停止，傳來鐘響。

高志為之錯愕。擂臺旁的同學們，一時間也不明白發生何事，目瞪口呆。

「勝利者是溝口不比等與三崎玲奈這組。」頭目說。

「這就是玲奈說的意外發展。」

「到底是怎麼回事？」彩香向一臉了然於胸的啟太問道。

「這場比賽只要有一個人輸就會結束，輸家的搭檔不會被懲罰。如果剩下的點數只有一點，那麼，要是結果以平手收場，將會扣一點，而造成兩人都ＬＯＳＴ。相較之下，還不如其中一人落敗，讓搭檔得以繼續活命。以平時不曾使用的長劍戰鬥，而且只有三分鐘的時間，對手一定也會全力以赴，很難分出勝負。只要不是力量相差懸殊，最後都很可能會平手收場。這麼一來，就會兩人雙雙ＬＯＳＴ。但要是我方的人背叛，會有什麼後果？」

「不對。他們兩人絕對不會這麼做……」彩香否定啟太的說法。

「沒規定不能傷害自己的搭檔……真的是所謂的『抱歉，背叛你』。」

說完這句話後，啟太感到後悔。「抱歉，背叛你」是他很喜歡的一句臺詞，出自黑澤明導演的電影《戰國英豪》。片中藤田進飾演的田所兵衛，被三船敏郎飾演的真壁六郎太感化，轉為投靠趨於劣勢的敵方時，說出這句臺詞。啟太原本也不想在這種情況下說出他很喜歡的這句電影臺詞，但還是很自然地脫口而出。

「你的意思是，結衣為了讓自己活命，而背叛了高志？」

「也只能這麼想了。」啟太回答。

走出播臺的玲奈冷言道：「高中生的戀愛，還真是膚淺啊。」

「妳懂什麼！」彩香大為光火，加以駁斥。

「啊，生氣啦。真不好意思啊。」玲奈帶著不比等離開播臺。

「高志，很抱歉。我……」結衣在播臺上哭得不能自已。

背叛的女人和遭到背叛的男人引發的男女戰場，令同學們紛紛投以好奇的目光，但高志卻沒責怪結衣。

「沒關係，這樣也好。這麼一來，我就能保護妳了。」

說完後，高志一臉頹喪地走出播臺。

「為什麼！為什麼你不責怪我！」結衣哽咽道。

「現在說什麼也沒用了，不是嗎？」

高志也沒轉頭，逕自往出口走去。

一般都認為人在面臨死亡時，會慌亂地抗拒，但說不定並非如此。不論是白虎隊[3]，還是第二次世界大戰時的特攻隊，這些年輕人不都是在面對死亡時，找到獨特的美學嗎？

「高志！」

走出播臺的結衣，朝走向出口的高志追去。

「你不能去！」彩香抱住結衣。

「讓我也死吧……」

結衣極力掙扎，但彩香始終緊抱不放。

來到出口前方，高志就此倒地，同時傳來轟的一聲。他的腹部爆炸，內臟在館內四處飛散。

「嚇——」結衣發出一聲悲鳴，就此腿軟，癱坐在地上。目睹高志那慘死的模樣後，她似乎已沒力氣追向前去。

「接連害死第一個搭檔和第二個搭檔，妳是死神吧？」

玲奈對結衣說出這句辛辣的話。彩香正準備代替結衣反駁的時候，啟太擋在她前面。

「我不許妳再說下去！」

「就算宅男宮野同學這麼說，也讓人完全感受不到氣勢。」玲奈處之泰然。不知何時，她已知道啟太的姓氏，果然不容小覷。

「囉嗦！」啟太極力展現出嚇人的模樣。

「與其管別人的事，不如擔心你自己吧。我們現在可是置身戰場呢，要是有空擔心敵人，小心自己會被做掉喔。」

「不用妳說我也知道。」啟太回嘴道。

「或許是我太高估你了。」玲奈道。

「什麼？」

「你先前救了藤堂同學和本山同學，表現很出色。我本來以為要是你的話，或許能在遊戲中很酷地大顯身手，還對此充滿期待呢。」玲奈笑咪咪地說道。

「真是囉嗦……」雖然心有不甘，但啟太還是無言以對。他原本就不善與女生交談，玲奈一會兒激怒他，一會兒又誇他，令他思緒大亂。

「也許飯田同學和市川同學還比較強喔。」

玲奈這番話令啟太就此清醒。之前他只想到自己，他過度自信，覺得自己不可能會輸給大地。大地他們也和他一樣，無法從這場遊戲中逃脫。既然這樣，大地應該也會卯足全力。啟太馬上找尋大地他們的人影，但他們不在擂臺旁。

他們去哪兒了？

大地和奈緒子與眾人保持一段距離，兩人正在竊竊私語。

3. 白虎隊：是會津戰爭時屬於舊幕府勢力的會津藩組織，由十五歲至十七歲的少年武士組成。後來因戰敗而在飯盛山集體切腹自殺。

啟太走近，朝他喚一聲「大地」。只見大地轉過身來，擺好防守架式。
「別過來。」大地咆哮道。
「你怎麼了？」啟太感到納悶。
「我們現在是敵人，不再是過去的朋友了。」大地很清楚地說道。
「你在說些什麼啊。」
「要不然呢，你想平手，然後四個人一起死嗎？」
「這……」啟太無言以對。想要活命，就得要有人喪命才行。死的人會是彩香、奈緒子、大地……還是我自己呢？大地也是同樣的立場。一移動視線，就看見奈緒子纖細的背影。這情況她又覺得如何呢？看在啟太眼中，奈緒子就像一個古董洋娃娃，始終保有不變的美。她現在是什麼樣的表情呢？是露出古董洋娃娃的微笑，還是露出過去不曾見過的苦悶表情呢？
「你去吧。」大地竭盡全力喊道。
「我不會輸的。」
啟太一改平時的作風，刻意撂下狠話，朝站在擂臺旁的彩香走去。
「大地他怎麼了？」彩香問。
「他根本不理我，已經完全進入戰鬥模式。」
「只能戰鬥了，是嗎？」
「不是殺人，就是被殺。」

「別說這種話，這可不單是電腦遊戲上的勝負啊。」

「不，不對。如果想活命，就不能像在玩電腦遊戲那樣，用輕鬆的心情來戰鬥。大地他是真的想全力一戰，雖然他是宅男，但他可不是運動白痴。如果不先作好心理準備便會落敗，最慘的情況則是平手。為了保護我們自己，唯一的辦法就是要殺了其中一人。」

啟太以強硬的口吻說道，彩香默默聆聽。

「我也不想死。」隔了一會兒，彩香才開口道。

「奈緒子的運動細胞好嗎？」啟太問。奈緒子個性文靜，對她的運動能力沒什麼印象。

「她很神祕。不過，她的運動細胞應該不差。」

「這樣啊……那麼，我們得多加小心。」啟太雖然這麼說，但他並沒有什麼特別的作戰計畫。不論是臂力還是智力，他都自信不會輸給大地，但在這種被逼入絕境的情況下，他不確定自己是否能發揮實力。如果拿彩香和奈緒子比較，運動能力似乎是彩香占上風，但精神層面可就難說了。

「第三場開始。」頭目的聲音響起。

也許是已下定決心，只見和樹和瞳執起長劍，不發一語地走上擂臺。龍次和美雪隨後走進。

「不知道和樹有沒有什麼作戰計畫……」

啟太視線投向擂臺，暗自低語。和樹的對手是全校最強悍的龍次，不論是運動能力還是打架的本事都是首屈一指。不同於明夫，龍次成績也很優秀，而且行事謹慎，既冷血又冷靜，是絕對不會有人想與他為敵的類型。和樹打算如何和這樣的對手交戰呢？

四人在擂臺上對峙。

「龍次，和我一對一單挑吧。」

和樹的提議，令在場眾人都懷疑是不是自己聽錯了。這場勝負，和樹他們唯一有可能的勝算，就是看準龍次的搭檔美雪下手。田徑社的美雪雖然運動能力強，但她個性粗枝大葉，破綻不少。若是展開三分鐘的戰鬥，或許會有可乘之機。但此時和樹卻將美雪晾在一旁，要和龍次一對一單挑，這無疑是自殺的行為。

「和樹他到底打算做什麼？」

彩香忘了自身所處的狀況，向身旁的啟太詢問此事。

「他是如假包換的模範生。」啟太語帶不屑地說道。和樹的行為真教人看不順眼。都已被逼入絕境，他卻還想扮演俊美的模範生角色，堅持當一名保護淑女的紳士。「你別再當這種角色了！」啟太雖然沒說出口，卻在心裡如此吶喊。

「你說要和我一對一單挑？」

龍次發狂似的喊道。

「你怕了嗎？」和樹語帶挑釁地說道。

沉默片刻後，龍次朗聲笑道：「原來是這麼回事。」
「你到底要不要？」
「只要你和我一對一單挑，瞳就不必擔心會ＬＯＳＴ，你是這麼想對吧？」
龍次說完後，瞳這才明白和樹的想法。
「牧田同學，真的是這樣嗎？」
瞳如此詢問，但和樹不予理會。
「用不著講任何理由。你願不願意和我一對一單挑？」
和樹向前跨出一步，瞪視著龍次。
「本以為你只會擺模範生的架子，是個討人厭的傢伙，沒想到你還挺有男子氣概的嘛……我很欣賞，就來一對一單挑吧。」
龍次要美雪退到角落旁。
「牧田同學，我該做什麼才好……」瞳不知如何是好。
「妳不用擔心，我會打倒龍次。我們一起跳離這個愚蠢的遊戲。」
和樹要瞳退至角落，現在擂臺中央只有龍次與和樹持劍對峙。比賽開始的鐘聲響起。
「你會後悔的！」
龍次揮劍展開進攻，但和樹使出巧妙的步法閃躲。
「你以為你可以一直逃嗎？」

龍次也使出側滑步追上和樹。使出假動作逃離的和樹，突然揮劍攻擊。

龍次急忙後退，和樹的長劍從他胸前掠過。他的制服被劃破，胸前滲血。

「什麼！」

「挺有一手的嘛！」

龍次毫不畏懼地笑著這麼說，與和樹拉近距離。和樹就像被蛇盯上的青蛙，無法動彈。

所有人都緊盯全校第一的不良少年與全校第一的模範生這場對決。接下來就要換啟太和彩香他們自己上場比賽，但他們的目光卻都無法從擂臺上移開。

以力量來說，龍次遠在和樹之上，但和樹以機靈的動作閃躲，不時化守為攻。就像武士對決一般，不良少年與模範生展開堂堂正正的決鬥。瞳和美雪站在擂臺角落，屏息觀看兩人的廝殺。

「原來這是他的目的。」啟太低語。

「到底是怎麼回事？」彩香問。

「如果是好好採二對二對決，現在和樹他們早輸了。」

「會嗎？」

「如果是允許互相殘殺，沒任何規則限制的比賽，龍次他遠遠占上風。因為就算沒碰觸對手胸前的心型記號，只要用長劍殺死對手，一樣可以。」

「就算是龍次，也不會想殺害同學吧？」

「妳太天真了。妳不如在深夜時去鬧街看看，那裡多的是以殺人為樂的傢伙，而且現在可是連小學生都會犯下殺人罪行的時代啊。只要有為了活命的理由，就算殺人也可以合理化。」

可能是覺得無法接受，彩香撐大鼻翼，露出不滿的神色。

「算了。姑且不談龍次是不是想殺死和樹或瞳，但確實有這個可能性。所以和樹才藉由提出一對一單挑的提議，讓各種可能出現的廝殺場面，變成男人與男人之間的正式對決。」

擂臺上持續展開一進一退的交戰。

「媽的，你可真頑強。」

龍次開始急躁起來，和樹也氣喘吁吁。剩下不到一分鐘。再這樣下去，和樹與瞳將會LOST。龍次停止之前一面倒的攻擊策略，改為持劍靜候和樹出招。戰鬥從動態轉為靜態。

啟太掌心冒汗，持續觀看兩人的戰鬥。再幾分鐘後，自己也得站上擂臺。到時候，他能像擂臺上的兩人那樣專注在戰鬥上嗎？這種時候，心存邪念的人將會落敗。

「為什麼他們兩人都不動？」彩香問。

「他們在提高警覺。龍次他們就算打成平手也不會LOST，但和樹與瞳則會LOST。到時候，和樹提出一對一對決的要求就失去了意義。為了不讓這一切努力白費，在這最後的一分鐘裡，和樹會使出捨命攻擊。龍次就是在提防他那麼做。」

俗話說狗急跳牆，真的會這樣嗎……啟太將目光移向擂臺角落的瞳。她一直靜靜注視著和樹，因為全校第一的模範生為了保護她而奮戰。

剩下最後四十五秒，和樹掄起長劍撞向龍次。不行，動作早被看穿了。啟太雖然不善劍術，但他也感覺得出來。和樹一劍劈下，之前一直正面抵擋的龍次，這次使出側滑步移向一旁。和樹這劍撲了個空，緊接著下個瞬間，龍次一劍橫掃而來。

「啊！」

和樹叫了一聲，長劍脫手，滾向擂臺。他急著想重新拾起，但龍次擋在他面前。和樹使出假動作，想從旁穿越，但龍次踢向他的腳。

「哇！」和樹難看地倒地。

「真是遺憾啊。」

龍次昂然而立，擋在他面前。躺在擂臺上的和樹，斜眼瞄向電子看板。只剩不到三十秒。這時就算再怎麼頑強抵抗也不可能贏，平手的下場，比落敗更悲慘。

「真是可憐，不過，還是讓我結束這一切吧。」龍次低聲道。

「拜託你了。」

和樹坐在地上，雙手垂落，完全不防備。

「別怪我。」

龍次準備伸手碰觸和樹胸前的心型記號。

「住手！」

瞳從擂臺角落衝過來，將和樹撞開。

「咦！」和樹倒臥在擂臺上。

「什麼！」

瞳飛撲而來，龍次碰觸到的是她身上的心型記號。

「不，弄錯了！」

和樹聲嘶力竭地大喊，但比賽結束的鐘聲無情地響起。

「勝利者是藤堂龍次與大澤美雪這組。安達瞳ＬＯＳＴ。」頭目說。

「不是這樣的，ＬＯＳＴ的人不是瞳，是我！」

和樹高聲抗議，但他的抗議不被認同。

「啊……」瞳發出呻吟聲，雙手緊按腹部，狀甚痛苦。

「妳不要緊吧？」和樹緊緊抱住瞳。

「牧田同學，你不能死。」瞳痛苦地說道。

「求求你，救救她。」和樹大喊。

「這我辦不到。」頭目冷然道。

「為什麼？在比賽中輸的人是我。如果要ＬＯＳＴ，就殺了我吧。」

「我再重複一次，這我辦不到。不過，基於一份溫情，我可以不讓安達瞳腹部爆炸，讓她安詳地長眠。」

「這算是溫情嗎？」

頭目沒回答。在一片寂靜中，和樹溫柔地緊擁著瞳。

「牧田同學……我喜歡你。」

「對不起，因為我的無能，讓妳受這種罪。」

「牧田同學，這不是你的錯。」

「瞳……」

「……謝謝你為我而戰。」

說完後，瞳嚥下最後一口氣。眾人皆難過得無法言語，班上同學上從模範生，下至不良少年，全都喜歡瞳。她個性溫柔又可愛，而且文筆出眾。

「最後一場比賽開始。宮野啟太同學和酒井彩香同學、飯田大地同學和市川奈緒子同學，請上擂臺。」

和樹摟著瞳的屍體走下擂臺後，螢幕裡的頭目如此宣布道。終於輪到啟太和彩香上場了，兩人已做好覺悟。

為了生存而戰，或許要殺死自己的朋友，但要是稍有遲疑，死的人將會是自己。只有放手一搏了。啟太拿起長劍，比想像中來得輕，這重量就連女生也揮得動。一旁的彩香也執起長劍。

「我還不想死，所以我會全力戰鬥。」彩香說出她的決心。

「我也不想死在這種地方啊。」

兩人走上擂臺後，奈緒子和大地也持劍走進。四人在擂臺中央對峙。大地緊咬牙，瞪視著啟太。啟太很了解他溫柔的個性，他應該是勉強自己展現出鬥志吧？在看過和樹和龍次的戰鬥後，啟太也心有所感，這場比賽得由男人來分出勝負。不論是輸是贏，啟太和大地兩人都得做個了結。

比賽開始的鐘聲響起。

啟太持劍向前跨出一步，大地和奈緒子則後退一步。看他們兩人的表情，啟太戰鬥的決心差點就此動搖。

「喝！」大地發出一聲怪叫，直衝而來。

啟太急忙往右閃避，彩香則是逃往左方。兩人分開行動，大地馬上朝啟太衝來。

「我也是有男子漢的一面。」大地如此說道，胡亂揮動手中的長劍。

「笨蛋，很危險耶！」啟太極力閃躲。不同於先前那三場比賽，他們這場比賽荒腔走板。體力不佳的大地似乎已筋疲力竭，行動馬上變得遲緩。啟太以視線搜尋彩香的身影，她正在擂臺角落追逐奈緒子。

「你是怎麼了？為什麼不對我出招！」大地出言挑釁。

開口說話後，便流露出情感。啟太不予理會，但大地還是朝他搭話。

「你不是我唯一的朋友嗎？你說說話呀。」

該怎麼辦才好。啟太無法下手殺死大地，但不殺他的話，會換自己被殺。

「要是平手，我們四個人都會死啊。」大地窩囊地說道。

「別說了！」啟太大喊。

「原來如此，果然是這樣。」

大地自顧自地說道。

「你果然是不想戰鬥。我也一樣，如果要和啟太你戰鬥，我寧可大家一起死。這麼一來，大家死的時候，也就不會對彼此懷恨在心。」

不能理他。要是和大地說話，就無法和他戰鬥了。

「啟太，你也是這麼想對吧？」

「你別再跟我說話了！」說完後，啟太朝彩香瞄了一眼。她似乎正在和奈緒子戰鬥，但應該是無法分出勝負吧。女生之間的戰鬥很可能是以平手收場，如果真是這樣，為了活下去，就只有打倒大地了。

「我們別再互相殘殺了。剩下的時間，我們四個人一起聊聊過往的回憶，一起被LOST吧，就可以讓螢幕上那個面具男期待落空。」大地柔聲勸道。

「既然這樣，那你把劍放下啊。」啟太說。

「好啊。」大地放下手中的長劍。

「你是說真的？」

「啟太，你也把劍放下吧。」

無法堅持立場的啟太，握著長劍呆立原地。

「怎麼啦？只有我一個人沒有防護，這樣太卑鄙了吧？」

「……不行，不能四個人都ＬＯＳＴ。大地你也要戰鬥。」

「說到沒有防護，啟太，當初告訴我《小拳王》[4]這本漫畫的人，是你呢。」

大地不予理會，仍繼續說個不停。

「戰鬥吧。」啟太如此說道，但心中的鬥志正逐漸萎縮。

「向來不喜歡熱血運動漫畫的我也迷上了《小拳王》，我們還常一起到車站前的漫畫網咖去。那裡的店員態度冷冰冰的，最遜了。」

「是啊……」啟太心不在焉地聽著。看來大地無意戰鬥。啟太以眼角餘光瞄向電子看板，只剩下不到兩分鐘。

「再這樣下去，我們四人都會ＬＯＳＴ喔。這樣你也無所謂嗎？」

啟太如此詢問後，大地只簡短地回了一句「沒差啊」。面對完全不抵抗的朋友，啟太實在狠不下心。現在只要一劍刺出，就能了結大地的性命。雖然會被人罵卑鄙，卻能保住性命。可是他辦不到。完全沒有防護，而且神色自若的大地，感覺無比強悍。

「你不怕我嗎？」

「說這什麼話啊。啟太，你不是我唯一的朋友嗎？」

「話是這樣沒錯啦……」

4. 小拳王：漫畫《小拳王》裡的主角矢吹丈有一項技能，是雙手垂放，名為「沒有防護的戰法」。

啟太猛然回神，發現自己呼吸急促。不行！鬥志正不斷流失中。彩香和奈緒子現在打得怎樣？啟太朝她們瞥了一眼，發現兩人正全力以劍相搏。以力量來說，彩香占上風，但就體格差異來說，個子高的奈緒子較為有利。

「我們已經無法分出勝負了。」

大地以柔弱的聲音說道，莞爾一笑。這是啟太所認識的大地嗎？他一時之間不敢相信。「我不要這樣。幫幫我。我該怎麼辦才好？」像這樣大呼小叫，才是啟太印象中的大地。但現在的大地就算被人一劍刺穿，他也無所謂，就像是個見識過各種殘酷場景的無賴。啟太全身發顫，並不是因為對手毫不抵抗，他才無法展開攻擊。他是害怕，害怕眼前的敵人。這就是大地的作戰，有人教大地採用這種可怕的作戰策略。只剩最後一分鐘了。

「我們就別打了吧。」

在大地的勸說下，啟太終於放下長劍。瞬間，一陣風起，身體自己動了起來，啟太往後仰倒。一陣風從他鼻尖掠過，是大地的劍。啟太在擂臺上打了個滾，與大地保持距離。

「可惡！」

大地凶神惡煞似的追殺而來。啟太急忙站起身向後退，持劍擺好架式。兩人持劍對峙。

「這全是在演戲嗎？」啟太問。

「我也想活命啊！」

這當然能理解。啟太無法理解的是大地動之以情、令他鬆懈的作戰方式。面對這種攸關生死的戰鬥，不管用什麼手段或許都沒有卑鄙之分，但這實在不像大地的作風。他絕對想不出這種作戰策略。若是這樣，這會是誰的主意呢？難道是奈緒子……不，不可能，無法想像她會想出這種殺人的主意。

啟太與大地對峙，文風不動，兩人陷入膠著。電子看板上的剩餘時間已不到三十秒，再這樣下去，四人都會喪命。就算豁出一切死命揮劍，恐怕也贏不了。走投無路了……彩香與奈緒子搏鬥的影像映入眼角餘光中。耐不住性子的奈緒子，全力衝向彩香。

剩下最後十九秒、十八秒、十七秒、十六秒、十五秒、十四秒、十三秒……

彩香長劍一揚，打落奈緒子手中的劍。毫無防備的奈緒子發出「啊」的一聲驚呼，迅速奔離彩香身邊。

「她往你那裡去了！」

啟太因彩香的叫喊而轉頭，發現奈緒子正朝他這裡跑來。

「哇！」

啟太與奈緒子撞在一起，兩人紛紛倒地。

「快碰她的心型記號！」彩香叫喊。

只剩最後十秒、九秒、八秒、七秒、六秒……

躺在擂臺上的啟太，眼前是奈緒子，只要他一伸手，就能碰觸她的心型記號。但他卻猶豫了，如果真這麼做，就會殺了自己心儀的女孩。這瞬間的破綻，大地可沒錯過。大地拋開長劍，猛然撲向啟太。

「喝！」

大地正準備碰觸發愣的啟太胸前的心型記號。

一切都結束了。這麼一來，我就ＬＯＳＴ了。

就在啟太自認難逃一死之際，彩香飛撲而來。

「怎麼會……」大地動作停止，雙膝跪地。

「抱歉……」彩香道。她已碰觸大地的心型記號。

比賽結束的鐘聲響起。

「勝利者是宮野啟太和酒井彩香這組。飯田大地ＬＯＳＴ。」頭目說。

「為什麼你沒按。啟太，你太懦弱了！」

彩香不悅地說道，走出擂臺。因為啟太一時猶豫，她才非得親手殺了大地不可。原本已決定好要狠下心來，但一旦到了關鍵時刻，卻又辦不到。

奈緒子不發一語地走出擂臺。現場只剩啟太和大地。

「大地……」啟太為之語塞。

「不必在乎我。」大地以泫然欲泣的聲音說道。

「可是……」

「你和彩香都沒錯，錯的是我。竟然想殺害自己唯一的朋友……」
「我也一樣……」
大地緊按腹部，一臉痛苦。
「不要緊吧？」
「啟太，你要活下去，連同我的份一起……」
「大地！」
啟太大叫，大地倒臥在擂臺上。
「即將爆破飯田大地的身體。宮野啟太同學，請離開。」頭目說。
「我不要。我不能就這樣放著大地不管。」儘管明知這麼做毫無意義，但啟太還是任性地說道。
「宮野啟太同學，請離開擂臺。」頭目出言警告。
「啟太，不管做什麼都無濟於事。大地已經死了。」和樹向他喚道。
啟太仔細端詳大地的臉，他是笑著離開人世的。
「大地……」
「快離開擂臺！」和樹大聲叫喚。
啟太溫柔地讓大地的屍體躺好，步出擂臺。
「我們在遊戲中存活了。我們之前約定好了，放我們回去吧。」
和樹望著四周說道。

「遊戲才剛開始，還不能讓你們回去。」

螢幕上的頭目回答道。

「告訴我，你的目的是什麼？」啟太強忍怒氣，如此問道。

「你總有一天會知道的。」頭目避而不答。

「到底有幾個人可以活命？」啟太提問後，眾人皆望向螢幕。

頭目遲遲不願回答。

「有幾個人可以活命，快告訴我。」啟太又問了一次。

「這個嘛……」頭目話說到一半便停頓，似乎在享受啟太他們焦急難耐的模樣。

「有兩個人能離開這裡。」頭目說。

「兩個人……」

啟太望向倖存的同學們，眾人也都環視四周。目前活下來的有宮野啟太、酒井彩香、牧田和樹、市川奈緒子、溝口不比等、三崎玲奈、藤堂龍次、大澤美雪、田中明夫、本山陽子、黑川羅伯特、上村結衣這十二人。

5

「各位辛苦了。接下來到正面玄關的這段路上要進行比賽。」螢幕上戴著赤鬼面具的頭目說道。

「能離開體育館了嗎？」和樹問。

頭目沒回答，就只是說一句「預備，開始」。

所有人都懷疑起自己的耳朵。

「回答我的問題啊。」和樹大聲喊道，但螢幕上的面具始終無語。現場一陣漫長的沉默。

「意思是要我們自己去想是嗎？」

意志消沉的啟太如此低語。要到正面玄關得先走出體育館，順著走廊往右走。令人擔心的是裝設在腹中的裝置。之前龍次打算離開這裡時，來到門口前方十公尺處，頓時腹痛如絞，無法動彈。

「怎麼啦？你們不去嗎？」

玲奈神色自若地詢問。其他人全都側著頭尋思，沒有回答。

「我不知道正面玄關在哪兒呢。」

玲奈一面發牢騷，一面朝出口走去。

「這樣很危險耶。」和樹向她叫喚。

「你們可真沒用。他不是叫我們到玄關去嗎？不會有危險的。」

玲奈快步走去，啟太靜靜注視著她的背影。已有多名同學喪命，最後連他的好友大地也死了。在接連的衝擊下，他的腦部機能就像麻痺了一樣，一直處於恍惚的狀態，但還勉強保有平常心，恐懼似乎還勝過悲傷。現在沒時間失望，再不冷靜下來，接下來死的將會是自己。如果沒能存活，就會失去悲傷的資格。
「你們看，沒事吧？」
平安抵達門口的玲奈轉頭向眾人揮手。明夫和龍次見狀，戰戰兢兢地往前走去。也可能只有玲奈什麼事也沒發生，但這兩名不良少年也平安地抵達了門口。
「肚子沒痛，平安無事！」
明夫大叫，陽子和美雪也往門口衝去。剩下的人也隨後跟上。啟太雖然全身還使不上力，但他也來到了門口。這時，先前在A班教室裡目睹的那幕慘劇，再度從腦中掠過。來到走廊的同學們全都因為裝設在腹部的炸彈引爆，當場橫死。
「要是來到走廊上就LOST。」之前頭目提出這樣的忠告。那句話已經撤回了嗎？他正想出言提醒，但玲奈已來到走廊上。
「頭目說，到正面玄關的這段路上要進行比賽，該往哪兒走才好？」
玲奈一臉困惑地問道，不比等回了一句「右邊」，率先往前衝去。
「比賽的意思是賽跑對吧？」陽子說出很理所當然的推測。
「跑最後的一組可能會LOST……」
明夫如此低語，剩下的人心中的不安逐漸膨脹。
「不妙！」龍次與美雪手牽著手往前衝。
「怎麼這樣。」明夫和陽子也緊跟在後。剩下的羅伯特和結衣、和樹和奈緒子也都邁步奔去。

「你不去嗎？」彩香問啟太。

「對喔。」

「我說……」彩香說到一半，突然無法接話。

「之後再聽妳說。要是這時候輸了，被判定LOST，大地就白白犧牲了。」

說完後，啟太也走出體育館。現在他不想和彩香說話。這全都是安排這一切的那些傢伙的錯，但因為啟太一時猶豫，彩香才會出手讓大地LOST。是她救了啟太，得謝謝她才行，但是讓大地LOST的人也是她。到底該感謝她，還是怨恨她，啟太一時理不出頭緒。

她救了我。彩香的判斷是正確的，所以啟太才能活著。當時要是她也稍有遲疑，他們四人都會LOST。她是恩人，啟太心知肚明，但就是無法面對她。他眼中的走廊是歪斜的。他甚至懷疑這也是某種機關，但其實不然，是他眼中噙滿淚水。他好想痛快地大哭一場，就算會沒命也無妨，他好想逃離這裡。如果這是一場夢，他想趕快清醒。

「要振作一點。要冷靜。」

啟太一面跑，一面如此說道，想趕走心中的怯懦。倖存下來的人全都很拼命，要是現在還迷惘、煩惱，就無法活下去。

「可能趕不上了。」

傳來彩香的聲音。望向一旁，發現她與自己並肩而跑。自己哭喪的樣子也許全被她瞧見了。啟太佯裝在擦汗，偷偷拭淚。

「就算輸了這場比賽，也不會被判定ＬＯＳＴ。」啟太說。

「為什麼？」彩香邊跑邊問。

為了忘卻好友喪命的悲傷，啟太強迫自己展開思索。要是不找點事做，恐怕又會淚流不止。

「頭目只說要我們比賽，沒說罰則。他只要我們跑。」

「是嗎？」彩香語帶不滿地應道。

「沒錯。」啟太很肯定地說道。這裡雖然是個不合理的世界，但並非毫無秩序。對於問題或遊戲，都會事前說明規則和禁止事項。頭目幾乎沒對這項比賽做任何說明，表示這並沒有多大的意義。

正面玄關已出現眼前，眾人皆已抵達。啟太和彩香是最後一組。

「這麼一來，就要和宮野同學告別了。」

玲奈語帶嘲諷地說道。她或許當自己是在開玩笑，但現場完全沒人笑。

「各位辛苦了。」

突然傳來頭目的聲音，眾人望向聲音的方向。不知道是什麼時候動的工，只見走廊牆壁上裝設了一個大型的螢幕，頭目出現在螢幕上。

雖然啟太對彩香說，這場比賽不會有人ＬＯＳＴ，但他其實也不是很肯定。頭目也有可能一時心血來潮，判定他們ＬＯＳＴ。

「真的不會有事嗎？」彩香語帶不安地問。
啟太做了個深呼吸，讓心情平靜下來後，微微頷首。
「年輕人跑步時的那種躍動感真的是美不勝收。我很喜歡欣賞美的事物。」頭目似乎顧左右而言他。
「我們這組跑第一，請幫我們增加點數。」龍次提出要求。
「很遺憾，這場比賽和點數無關。」
「既然這樣，那我們是為何而跑？」明夫抱怨道。
「為了變更搭檔。」
聽頭目這樣說，眾人皆一臉納悶。
「現在你們的搭檔幾乎都是在爬樓梯比賽中決定的，當中應該有人對此不滿吧？也有人是在前一場比賽中變成單獨一人，所以為了決定新的搭檔，才要你們在走廊上賽跑。」
啟太的推測沒錯。這不是比賽，所以不會有人ＬＯＳＴ，但變更搭檔的安排倒是出乎意料之外。
「新的搭檔是以比賽的抵達順序決定。」
這只是將決定搭檔的爬樓梯比賽改成走廊賽跑罷了。本以為安排這些遊戲的是一群更有智慧的人，但沒想到他們的思考能力只和羅伯特同樣水準。啟太很不滿，但沒說出口。比起這個，他更想早點知道自己的搭檔是誰。雖然彩香救過他的性命，但想要一路在遊戲中獲勝，彩香實在不太可靠，而且啟太向來都拿她沒轍。

「在此宣布新的搭檔。男生第一名抵達的藤堂龍次同學，與女生第一名的大澤美雪同學搭檔。同樣的，第二名抵達的田中明夫同學和本山陽子同學搭檔。第三名的溝口不比等同學和三崎玲奈同學搭檔。第四名的黑川羅伯特同學和上村結衣同學搭檔。第五名的牧田和樹同學和市川奈緒子同學搭檔。而最後一名的宮野啟太同學和酒井彩香同學搭檔。」

現場滿是驚嘆。在前一場比賽中獲勝的人都會和搭檔一起跑，所以兩人會以同樣的名次抵達玄關，這麼一來就不會變更搭檔。唯一有變更的就只有在前一場遊戲中失去搭檔的羅伯特、結衣、和樹、奈緒子這四人。啟太又和彩香搭檔了。

「至於點數……」頭目說到一半，又停頓了片刻。

「真有意思。似乎都是同點數的人組成搭檔。點數不會變更。下一場遊戲會在十二小時後，也就是明天上午九點開始。在那之前，請好好休息。不過，嚴禁離開學校。還有，暴力行為或是不符合高中生應有的行為，一律禁止。若有違反，有可能會馬上LOST。請遵守規則，好好休息。」

語畢，頭目從螢幕上消失，螢幕化為黑暗。

「就只有這樣的說明……」和樹驚呼道。

「他叫我們休息，但我們怎麼可能……」

明夫語帶不滿地說道，偷偷窺望龍次的神色。這次他又和陽子搭檔，龍次應該會感到在意吧。

「不能離開這裡嗎？」龍次來到門前，如此說道。

「再過去可能會有危險吧。」啟太出言警告。

「這我知道。」

龍次面露苦笑，帶著明夫、陽子、美雪三人走在走廊上。

「你們要去哪兒？」和樹問。

「你管不著吧？」龍次他們撂下這句話後，就此離去。

一聽到有十二小時的休息時間，啟太全身的緊繃就此洩去，環視四周。玄關處的掛鐘顯示現在已過九點。在教室裡昏倒後，不知道已睡了多久，不過頭目說下次遊戲的時間是十二小時後的上午九點。如果相信頭目說的話，那麼，現在就是晚上九點多。看窗外一片漆黑，姑且可以相信，不過天色也未免太暗了，連路燈和附近住家的燈光也看不到，未免有點奇怪。啟太走向窗前。

「你在做什麼？」和樹向他問道。

「這窗戶被人從外面塗黑。」

「咦？」

和樹臉湊向窗戶時，突然發出「唔」的一聲，緊按著肚子蹲下身。

「肚子痛嗎？」

「嗯……」和樹頷首，離開窗邊。

「不要緊吧？」

「離開窗邊就好了。」和樹道。

「看來，連看外頭都被禁止。」啟太如此說道，把臉湊向窗戶。

「別這樣！」

啟太無視於和樹的制止，想從塗黑的窗戶往外望。旋即傳來一種宛如異物插進腹中的劇痛。

「好強烈的劇痛啊。」

啟太表情扭曲，但還是不想移開。他想藉由這樣折磨自己，來為自己害死大地，以及逼彩香動手的事做補償。甚至很想一死了之，但他辦不到。說來也真沒用，最後他因為承受不了疼痛而離開窗邊。

「真教人吃不消。」

「你是想測試疼痛嗎？」和樹驚訝地問道。

「我想確認一下到底會有多痛。」啟太若無其事地說道。

「這樣你滿意了嗎？」

「這到底是怎樣的構造呢？」啟太摸著肚皮道。

「知道後又能怎樣？你想剖開肚子，取出炸彈嗎？」

「排便也是個辦法吧？」

「你是說真的嗎？」

「去保健室的話，不是會有瀉藥嗎？」
「裝進我們肚子裡的應該是像可以遠距離操作的胃鏡那種東西。」
「應該是相當高性能的設計。」
「如果是這樣的話……」和樹面露苦笑。
「就不能取出了。不管再怎麼想辦法，也無法從安排這一切的人們手中逃脫。」啟太就像死了心似的如此說道。
要離開這裡的唯一辦法就是在遊戲中獲勝，好好活下去。
「接下來你打算怎麼做？」
向啟太搭話的是羅伯特。母親是美國人，父親是日本人，天生個性開朗的他，因為誤殺了搭檔愛理，臉色看起來比平時要蒼白許多。
「到明天早上九點這段時間也只能好好休息了。」啟太冷淡地說道。
「你打算繼續這樣互相殘殺嗎？」羅伯特問。
「我們是沒辦法逃出這裡的。」
「不能對外呼救嗎？」之前一直很順從的結衣開口道。
「應該沒辦法吧。那班人能做出這樣的安排，不是普通人物。應該是無法和外界取得聯繫。」
啟太冷冷地說道。目前的對話和行動可能全都受到監視，就算真有和外界聯繫的方法，他們也不可能就這樣放著不去處理。一旦得知方法，可能就會馬上腹痛喪命，或是遭到殺害。

「這麼說來，什麼都不做嘍？」結衣一再追問。

「倒是可以調查看看。」

和樹此話一出，羅伯特、結衣、彩香都表示贊成。奈緒子微微點了點頭，不發一語。

「我反對，與其這樣，還不如好好休息，為明天做準備。」玲奈走向一旁。

「我也反對。」不比等朝玲奈身後追去。

「那麼，你們打算做什麼？」啟太問。

「你們身上沒有手機對吧？」

在羅伯特的詢問下，六人分別往口袋裡掏找。沒人身上有手機。

「不是放在教室嗎？」結衣說。

啟太覺得，現在就算去，也是白跑一趟，但他並未反對。和樹和羅伯特應該也不是真的以為能和外界取得聯繫，大家只是怕落單，所以才會刻意找藉口，讓大家聚在一起，如此而已。啟太心想，六個人一起在校內探索也不錯。頭目吩咐他們要「好好休息」，如果他說的話可信，那麼，只要不違反規則，到明天早上九點之前應該不會有危險，不過他可不想獨自在昏暗的學校裡遊蕩。六個人就這樣走上正面玄關前的東側樓梯，朝三年A班的教室而去。

「教職員室裡不是有電話嗎？」啟太道。

「去那裡看看吧。」

上到二樓後，六人朝樓梯前的教職員室走去，但大門深鎖。

「怎麼辦？要把門撬開嗎？」啟太問。

「不，先去教室看看吧。」和樹道。

六人回到東側樓梯，朝四樓的教室而去。每扇窗都被塗黑了，不過走廊的燈光亮著，所以校內光線明亮。這麼一來，就算是獨自探險也不可怕了。啟太邊走邊觀察四周。

「我想去圖書館那裡看看，可以吧？」

來到四樓後，啟太向其他人詢問。樓梯右手邊就是圖書室。

「可以啊，不過那裡應該是關著的。」和樹道。

「就讓我調查一下吧。」

啟太快步來到圖書室前，想打開門，但門緊鎖著。

「不行。」

啟太回到同學身邊，朝三年A班教室走去。途中，他們六人試著打開幾間教室的大門。雖然不是每間教室都上鎖，但始終找不到電話或電腦這類能和外界取得聯繫的機器。電腦室大門深鎖，三年A班的教室也進不去。

「既沒辦法逃離這裡，也沒辦法對外呼救。我們成了那個可怕面具男手中的棋子。」啟太心情沮喪地說道。

「意思是我們沒希望活命嘍？」結衣泫然欲泣地說道。

「不，不對。」

否定這句話的羅伯特想說什麼，啟太心裡相當清楚。所以他才會不希望羅伯特開口。

「想活命的話，就要在遊戲中獲勝。」羅伯特很肯定地說道。

「你原本不是反對互相殘殺嗎？」啟太問。

「如果是為了自己活命，也只能這麼做了。」

這聲音不是啟太所熟知的那位開朗的混血兒。之前是被迫與人戰鬥，但現在羅伯特彷彿已有所覺悟。為了活命，他決定讓自己變得冷酷無情。

「你相信頭目說的話？」和樹語氣平靜地問道。羅伯特沒馬上回答，他蹙起眉頭思索。

「你以為贏了遊戲，他真的就能放我們平安地回去？」

「他或許是騙人的。可是一旦輸了，就會遭殺害，不容任何辯駁。既然這樣，也只能努力求勝了。」

「我們該不會被訓練成戰鬥員或諜報員吧？」

結衣講出這麼一句和先前對話完全無關的話來。

「這話怎麼說？」啟太很想轉換話題，假裝對此感興趣。

「因為對方如此大費周章地安排，還綁架一整班高中學生，如果不是國家的層級，應該辦不到吧？」

雖然啟太覺得沒那麼誇張，但他不想打斷結衣的話，所以他保持緘默。

「我不知道為什麼我們會被選上，但這該不會是故意讓我們互相殘殺，好藉此查看誰有當戰鬥員的資質，日後將合格者訓練成諜報員吧？」

一口氣說完後，結衣難為情地低下頭。看來，她還很在意之前背叛自己男友高志的事。

「如果是政情不穩的小國或戰亂地區或許會有這種事，但以現今的日本來看，實在很難想像。」和樹提出反駁。

「不，可能性倒也不是完全沒有。以現在的情況來看，或許真的是像上村同學假設的那樣。」羅伯特說。

「這麼說來，就算贏了遊戲，還是會被挑選為戰鬥員嘍？」彩香問。

「這得要存活下來才會知道，不過要是真像上村同學說的那樣，對方逼我們互相殘殺的理由就能接受了。」

啟太望著其他人的反應如此說道。羅伯特與和樹似乎還保有平常心，但結衣面如白蠟，彷彿隨時都會昏厥，彩香和奈緒子則擺出一張撲克臉。就在六人聊著這種沒有答案的話題時，傳來有人走上西側樓梯的腳步聲。六人全都屏息望向聲音的方向。

「你們在這兒啊。」

走上樓梯的是玲奈。此人來路不明，似乎對眼前這種不合理的狀況樂在其中。

「三樓有休息室喔。」玲奈說。
「妳說的休息室是什麼？」和樹問。
「休息室就是休息室啊。教室裡放有食物和飲料，還有床喔。當然了，男女不同間。」
玲奈是前來通知此事的。

6

啟太他們在玲奈的帶領下，走進三樓的二年D班教室。中央擺著桌子，上頭擺滿麵包、便當等食物，以及寶特瓶裝的果汁和烏龍茶。但圍在桌子旁的龍次、明夫、陽子、美雪卻完全沒碰這些食物。不比等則是縮在教室角落。
「各位，你們不餓嗎？」玲奈拿起一個菠蘿麵包張口便嚼。
「裡頭沒放什麼怪東西嗎？」明夫問。
「很好吃呢。我最喜歡吃菠蘿麵包了。」玲奈如此說道，一面吃麵包，一面拿起寶特瓶，咕嘟咕嘟地喝起果汁。
「好像沒被動手腳。」
龍次開始吃起便當。明夫見狀，也吃起便當，陽子和美雪也啃起麵包。雖然不餓，但啟太也拿起三明治來吃。本以為有人會因為恐懼和不安而沒有食欲，但現場所有人都忙著吃喝，也許倖存下來的這些人都比啟太想像中來得堅強。
「那個麵包是我的。」一個渾厚的聲音響遍教室。
龍次正準備吃的麵包，被不比等一把搶走。如果是平時的不比等，肯定會歸還麵包，拚命道歉，但現在的他不一樣。
「上頭寫名字了嗎？」不比等語帶挑釁地說道，若無其事地吃著麵包。
「你這傢伙！」龍次一把揪住不比等的衣襟，將他抵向牆邊。
「你要揍我嗎？」不比等顯得一派輕鬆。
「啊……」龍次按著肚子蹲了下來。不比等很挑釁地在他面前吃著麵包。
「你這傢伙……不可原諒。」雖然龍次嘴巴上這麼說，但他因為強烈腹痛而無法站起身。儘管如此，他還是想朝不比等走去。
「勸你別這麼做，再下去會有危險。」
和樹出面調停，龍次在地上爬行，想要抓住不比等。
「哇……」
不比等恢復平時的怯懦後，驚呼一聲，逃了開去。兩人拉開距離後，龍次的腹痛也自動痊癒。
「這是陷阱。」啟太說。
「咦？」龍次就此停止動作。
「這裡禁止暴力行為。不比等故意激怒你，是要讓你ＬＯＳＴ，這是他的作戰計畫。」

聽完啟太的說明後，龍次盤起雙臂，靜靜瞪視著不比等。

「我會在遊戲中宰了你。」

龍次帶著搭檔美雪，以及明夫和陽子，一同步出教室。

「你可真多管閒事。」羅伯特在一旁道。

「你該不會很期待龍次就這樣喪命吧？」啟太問。

「這樣也不壞啊。如果說只有兩人能從這裡活著回去的話，龍次會是最強的敵人。應該每個人都很希望他能消失吧？」

羅伯特說得一點都不難為情。沒人點頭同意，但也沒人反駁。

「隔壁教室有一張床，想休息的話請自便。女生在C班教室，男生在A班教室。我會不會感覺像打雜的呢？」玲奈語帶戲謔地說道。

她在模糊焦點。激怒龍次，打算讓他ＬＯＳＴ，這不是不比等出的主意。不比等雖然成績不錯，但不是會動歪腦筋的人。可能是玲奈在一旁教唆。

「那我先去休息嘍。」語畢，玲奈走出教室。

「我也要睡了。」不比等也走出教室。

雖然沒吃飽，但好歹也已經進食，再待下去也沒意義。啟太默默來到走廊上。

「我有話要跟你說。」和樹追向前來。

「什麼事啊？」啟太冷冷回了一句。面對明天可能會以命相搏的對手，他實在不想多談，而且他現在只想一個人靜靜。
「你應該是發現了什麼吧？所以你才會想去圖書室。」
「其實也沒什麼，就只是……」
「說來聽吧。或許我幫得上忙。」
就算是成績相當優異的和樹，應該也沒有辦法解開啟太的疑問。不過，還是告訴他吧……
「你真的覺得這裡是我們的學校嗎？」啟太問。
「你的意思是這裡是假的？」
「窗戶塗黑，不就是為了不讓我們看到外面嗎？」
「意思是，有人建造了一座和學校一樣的建築是嗎？」
「我就是為了確認這件事，才想到圖書室看看。總不會連圖書室的書本上所畫的塗鴉也都一樣吧？」
「嗯……」和樹盤起雙臂展開思考。
「我們的學校有那麼安靜嗎？」
面對啟太的質問，和樹豎耳細聽。有一條幹線道路從學校前方通過，就算晚上應該也能聽見車輛行駛的聲音，但此刻卻是悄靜無聲。
「經你這麼一說，確實是太安靜了點。」
「是整個學校飛往異次元，還是我們被綁架到一座和學校一模一樣的建築物裡呢？或許現在調查也沒意義，不過我認為這也許是個提示，能解開這個不合理遊戲的謎團。」

「看來沒有我能幫得上忙的地方。」

和樹直直注視著啟太雙眼。他似乎是個不折不扣的模範生。

「就算解開謎團，還是躲不過那互相殘殺的遊戲。既然這樣，我們變得親近只會徒增痛苦罷了，就讓我一個人獨處吧。」

啟太吐露自己的心境。

「是嗎……說得也是。」

和樹就像要說服自己似的一再點頭，而後返回教室。只剩自己一人後，啟太突然倍感寂寞。如果是野生動物的話，這應該是理所當然的情形，沒被外敵襲擊或許就該謝天謝地了。到哪兒去好呢……啟太在走廊上漫無目的地閒逛，走上樓梯前往四樓，邊走邊整理腦中的思緒。真的無法逃出這裡嗎？由於裝設在體內的裝置性能不明，不能輕舉妄動。而且校內到底裝設了多少裝置，也還不清楚。可以預料他們隨時都以竊聽器和監視器監控著學生們的行動，只要稍有可疑的行動，體內的裝置便會啟動，引發強烈腹痛，無法逃離這裡。綁架啟太他們的目的究竟為何？結衣說的戰鬥員和諜報員養成計畫，或許也並非全是無稽之談。

「宮野同學……」

他站在走廊上思考時，傳來一個女孩的聲音。轉頭一看，原來是市川奈緒子。

「啊……」啟太喉頭一緊，說不出話來。啟太是在A班教室裡救過奈緒子性命的恩人，但之前在擂臺上，自己差點就害她ＬＯＳＴ。是應該對她說「之前真的好險」，還是該向她道歉呢？

「我們會怎樣？」

奈緒子以平靜的口吻問道，就像在詢問學校的行事曆一般。

「我也不知道。」

這還是第一次和她單獨交談，而且竟然是發生在這樣的狀況下，人生還真是諷刺。高中三年，啟太一直和奈緒子同班，多的是當面聊天的機會，但啟太總是遠遠望著她。但這也是沒辦法的事，有心儀的女生就是這樣，就算一直到畢業都沒機會說話，他也不會覺得遺憾。但是像這樣面對面之後，他便開始後悔，覺得自己應該早點和她說話才對。

「宮野同學，你救了我兩次呢。」

不，只有在教室裡救了一次。在擂臺上那次不是救她，而是猶豫著該不該讓她ＬＯＳＴ。那場戰鬥中功勞最大的人是彩香，她解救大家免於淪為平手這種最糟糕的結果。她扛起壞人的角色，解救了啟太和奈緒子。

「不是這樣的，我……」

「我知道。男生遇上這種事都會覺得難為情對吧。」奈緒子道。

傷腦筋，她誤會了。不過這樣也好。就算告訴她真相，她也不會高興。要是這樣她能接受，啟太就能成為她心中的英雄。

「謝謝你。」

奈緒子握住啟太的手。那柔軟光滑的觸感，說不出的舒服。明明有好幾名同學喪命，怎麼還能這麼隨便呢！啟太心裡很想踩煞車，但他的心跳卻像敲響急鐘般跳得好快。

「頭目說，只有兩個人能活著回去。」奈緒子握著他的手說道。

「是啊。」啟太佯裝平靜。

「我想和你一起活下去。」

啟太強忍著想要跳起來歡呼的心情，保持冷靜。她說的話不可盡信。這場遊戲是以兩人搭檔對戰，她將會是敵人。

「怎麼啦？」奈緒子嫣然一笑。

「市川同學，妳的搭檔是和樹吧？妳應該沒辦法和我一起存活吧。」

啟太冷冷地說道，鬆開她緊握的手。

「搭檔會再變動的，到時候我想和你一組。」

「那我到時候再考慮。」

他本能地對奈緒子懷有戒心。如果她不是這樣的美女，而是像彩香那樣相貌普通的話，或許啟太就會相信她的話。見啟太不說話，奈緒子面露愁色，當真是風情萬種。如果是電影導演或攝影師，應該會很想永遠留住她此刻的表情。只要再過幾秒，啟太應該也會成為她的俘虜。

「啊！」一旁傳來一個聲音，啟太轉移目光，發現彩香就站在走廊前方。她滿臉怒容，瞪視著啟太。

「不是妳想的那樣，我們什麼事也沒做。」

雖然沒什麼好歉疚的，啟太還是出言解釋，不過彩香仍是轉身離去。啟太就像偷腥被人撞見似的眉頭緊鎖。

「真抱歉，我好像打擾你們了。」

奈緒子一臉虧欠地低頭道歉。

「市川同學，妳沒有錯。不過，我們明天或許會在遊戲中交手，所以還是別共處的好。」

「也對，那我去女生休息室了。你呢？」

「我待在走廊上。只要沒做出禁止行為，在明天早上九點前應該不會有危險。」

「要小心喔。還有，下次交換搭檔時，一定要和我一組喔。」

說完後，奈緒子從走廊上離去。

「真傷腦筋。」啟太低語道。

彩香是為了找啟太，才會來到這裡。在那場宛如《神鬼戰士》的戰鬥中，她讓大地ＬＯＳＴ，或許彩香是想和他談那件事吧。啟太也想找她談談，想為她救了自己一事說句「謝謝」。還有，跟她說聲「對不起」。

「我還真是不懂得把握時機呢。」啟太暗自發著牢騷。

啟太在這種情況下還和奈緒子交談，彩香看了會有什麼感覺？應該不會誤會他們兩人有什麼親密關係，但可能心裡很不是滋味。啟太的搭檔是彩香，但他卻和敵人奈緒子親暱地交談。明天會是怎樣的遊戲，目前還不清楚，但或許需要發揮團隊合作。若是這樣，雙方的信賴關係絕對不可或缺。得好好和彩香聊聊才行。

「真拿她沒辦法。」

啟太前往找尋彩香，但眼前突然一片白茫。

第2章

第二天

1

啪啪啪啪……

傳向胸前的一陣震動令宮野啟太醒來。背後有種堅硬的觸感，這裡是哪兒？現在幾點？腦中浮現幾個疑問，接著就像迷霧散去般，昨天的記憶重新浮現。

高中教室裡發生的那樁不合理的慘劇。體育館內的互相殘殺。

啟太暗自祈禱那是一場夢，但他旋即被拉回現實中。映入眼簾的是學校的天花板。啟太躺在走廊上，貼在制服左胸上的平板電腦像手機的震動模式般不斷震動。

怎麼了？

他望向螢幕，上頭顯示著時間。

八點三十分。

震動停止後，顯示時間也跟著消失，恢復為心型記號。昨天聽說接下來遊戲開始的時間是九點。在三十分鐘前震動，應該是為了通知他們，避免睡過頭吧。校內廣播用的喇叭旋即傳來頭目的聲音。

「各位早安。現在時間是八點三十分，再過三十分鐘就要展開下一場遊戲。在那之前，請先到四樓的講義室前集合。」

同樣的廣播傳送了兩次。

啟太緩緩坐起身。不知是因為昨天那場戰鬥，還是直接睡地板的緣故，全身無力，外加頭痛。難道是昨晚吃的三明治裡頭摻了安眠藥？原本想去見彩香，卻突然感到一陣睡意襲來。沒能和她好好談，令啟太掛懷，不過也因為睡得很沉，昨天的疲勞全消。如果相信時鐘顯示的時間，估算已睡了十個小時。啟太望向塗黑的窗戶，外頭的亮光微微透射進來。現在似乎是早上。

傳來一個腳步聲。應該是有學生聽到頭目的廣播，走上樓梯吧。

「啟太，你昨晚就睡這兒啊？」

來的人果然是彩香。啟太實在沒臉見她。

「不知不覺間睡著了。」他刻意說些無關緊要的話。

他有許多事得跟彩香說，但就在猶豫該從何說起時，卻成了沉默。

「我們應該多聊聊的。」彩香說。

「是啊，我也是這麼想。」

「關於昨天的事……」彩香說到一半，低下頭去。

「謝謝妳救了我。」啟太低頭行了一禮。唯獨這件事，他非說不可。殺死飯田大地的人不是她。在《神鬼戰士》的遊戲中，是她救了啟太和奈緒子。要是就這樣時間到，他們四人都會沒命。但比起解救啟太他們的功勞，彩香覺得殺害大地的罪惡感更為強烈，啟太能做到的就是讓她心情放鬆。

「可是我卻將大地……」彩香話說到一半，為之語塞。

「是我不好。我自己明明說要把它當作遊戲看待，講得很果決的樣子，但真的遇上緊要關頭，卻又無法行動。」

當時啟太要是伸手碰觸奈緒子的生命記號，彩香就不必這麼苦惱了。

「你真這麼想嗎？你沒把我當成是殺死大地的仇人嗎？沒當我是個冷酷無情的女人？」彩香接連發問。

「關於妳的第一個提問，我的回答是ＹＥＳ。」

「第一個提問？」彩香側頭感到納悶。

可能是因為情緒激動一口氣說出心裡的疑問，她似乎沒發現自己問了三個問題。

「因為我認為錯的人是我，所以答案是ＹＥＳ。第二個問題，我是否當妳是殺死大地的仇人？答案是ＮＯ。就算妳什麼也沒做，大地還是會死，當時我們也全都會死。第三，我是否當妳是個冷酷無情的女人？這答案也是ＮＯ。如果妳真那麼冷酷無情，妳也就不會這麼苦惱了。」

彩香就像在細細思索啟太說的話一般。

「那麼，下次遇到同樣的狀況，就由啟太你來吧。」

這就是彩香不可愛的地方。啟太一直在等她開口說謝謝。「啟太，謝謝你，這樣我心情好多了。」他一直認為彩香會這麼說，顯然他的期待落空了。一般來說，都會先說聲謝謝，然後才說一句「那下次就由啟太你來吧」，根本就是省略了一個步驟。但啟太什麼也沒說。想到她立下的功勞，這件事可以不去計較。而且考量到她現在的情況，比起為過去的行為而感到罪惡痛苦，接下來的事才更教人不安。他們得以性命做賭注，合力在遊戲中獲勝。在如此重要的場面下，要是搭檔有所躊躇，自己就會沒命。

「啟太，拜託你，就算你變得冷酷無情也沒關係，一定要獲勝。」彩香說。

真不知該說她這是恩威並濟，還是時嬌時嗔。才剛說一句教人聽了不愉快的話，接著又化身為弱女子，向啟太請求。彩香並非早已盤算好才這麼說，她沒這個能耐。她心裡想什麼、想說什麼，往往也沒細想就脫口而出，可說是一根腸子通到底。啟太和人說話時，習慣解讀對方話中含意，剛好和彩香是完全相反的個性。她真是個直來直往的女孩。

「喂，你可以嗎？我向來不太會玩遊戲，只能靠你了，啟太。」彩香問。

「我不會再迷惘了。就算要變得冷酷無情，我也一定要在遊戲中一路過關。」

啟太斬釘截鐵地說道，但心情卻是五味雜陳。要在遊戲中獲勝，或許得殺害同學才行。

「對手是市川同學的話，你也辦得到嗎？」

被戳中痛處了。為了生存，勢必得戰勝奈緒子與和樹。他心知肚明，但昨天他就辦不到。啟太正想回答「我辦得到」時……

「一早就召開作戰會議是吧。」走上樓梯的和樹向他喚道。

「才不是呢。我們就只是在聊天而已。」

啟太馬上加以否認。奈緒子跟在和樹身後。

「聽到剛才的校內廣播了嗎？」

「要我們去講義室集合對吧。」啟太應道。

「遊戲應該還會繼續進行吧。」和樹沉聲道。

「是啊。」

啟太冷冷地應道。他還沒回答彩香的問題，感覺得到她那刺人的視線。

「怎麼啦，在聊什麼不想讓我們聽到的話題嗎？」和樹道。

「就只是在閒話家常而已。」

雖然覺得這個謊說得不太高明，但還是不由自主地脫口而出。

「才剛比完互相殘殺的遊戲，隔天一早就閒話家常，你們可真從容啊。」和樹加以挖苦。

最後啟太一直沒能回答彩香的問題，就這樣前往講義室。同學們都已聚集在走廊上了。

「是這裡沒錯吧？」不比等不安地說道。

「他說四樓的講義室，應該就是這裡了。」羅伯特應道。

「可是門沒開啊。」

聽不比等這麼說，和樹向前想要開門，但門是鎖著的。

這十二人刻意避開彼此的目光，斜眼偷偷觀察彼此。

「各位都到齊了吧。」

喇叭傳來頭目的聲音。

「門是鎖著的。」

和樹抬起頭來問道。某處應該設置了監視器在監視他們。

「一開始請男生先進講義室。」

頭目說完後，門自動開啟。看起來不像有什麼奇怪的機關，但要第一個進去需要勇氣。啟太躊躇不前，這時站在門前的羅伯特走進講義室內，接著是不比等、龍次、明夫、和樹。

「好像不會有事。」

最後啟太也走進門內。六名男生走進後，門自動關上。

2

講義室內以牆壁隔間，形成僅容一人通行的狹窄走廊，啟太他們排成一列通過。左側交互擺著藍色桌椅和紅色桌椅。

每組桌椅之間都以高約兩公尺的隔板區隔，正面裝設了一個大型螢幕。

「男生坐藍色座位。請依走進講義室內的順序就座。」

出現在大型螢幕上的頭目說道。

從左邊開始，羅伯特率先坐上藍色座位。隔壁是紅色座位，所以空著，接下來是不比等、空位、龍次、空位、明夫、空位、和樹、空位、啟太。

桌上設置了像iPod般的觸控面板，就像益智問答節目的參賽者座位一樣。看來是益智類型的遊戲。雖然現在只剩一點，不能鬆懈，但如果不是運動類型，就有勝算。與隔壁之間設置的隔板，應該是用來防範作弊。這麼高的隔板，別說聽到隔壁的回答了，就連其他人的表情也看不到。

「一開始先出一個獎勵題。」大螢幕上的頭目道。

昨天在進行《神鬼戰士》的戰鬥前，也曾先對女生進行三道門的猜謎遊戲。今天輪到男生了。

「答對問題的人可以加兩點，就算答錯，也還是會維持原來的點數不變，所以請輕鬆作答。請先看各位前方的小螢幕。」

啟太視線朝下，發現小螢幕上顯示著「宮野啟太」的名字。

「各位，確認好自己的名字了嗎？如果正確，請觸碰顯示於螢幕上的名字。」

觸碰後，小螢幕上的名字消失，改為顯示「A」、「B」、「C」。這果然是觸控面板。

「獎勵題開始。」頭目道。

不管是一般常識、歷史、地理、數學、運動、演藝圈、雜學，只要是益智問答，啟太都很拿手，他想趁這個機會增加點數。頭目出題了。

「在古裝劇或武俠劇中，常會擲出兩顆骰子，以兩顆骰子的合計點數來賭博，稱之為賭丁半。那麼，在兩顆骰子點數合計的模式下，是丁多，還是半多呢？『A』是丁多；『B』是一樣多；『C』是半多。限時三十秒。請碰觸你認為正確的答案。開始！」

大型螢幕上顯示題目。

「在古裝劇或武俠劇中，常會擲出兩顆骰子，以兩顆骰子的合計點數來賭博，稱之為賭丁半。那麼，在兩顆骰子點數合計的情況下，是丁多，還是半多呢？『A』是丁多；『B』是一樣多；『C』是半多。」

底下顯示剩餘時間。

28、27、26、25、24、23……時間不斷減少中。

「丁和半是指什麼？」

羅伯特提問，但沒人告訴他。是否了解丁半的意思也在這問題的範圍內。身為日本人的啟太也只是隱約記得，而身為混血兒的羅伯特應該是猜不出來才對。

「沒人肯告訴我是吧。」羅伯特暗啐一聲。

啟太也默默思考。丁是偶數，半是奇數。骰子合計的點數，單數和偶數的機率一樣是五十％，這是常識。如果這樣的機率有錯，就沒辦法設賭局了。換言之，正確答案是「Ｂ」，一樣多。

時間只剩十秒。

啟太本想按「Ｂ」，但他先做了個深呼吸。這不是搶答，在時限前可以慢慢思考。問題過於簡單，令他掛懷。他反覆看著大螢幕上的問題，嚇出一身冷汗。差點就選錯了。啟太按下「Ａ」。

大螢幕上的時間已到，頭目宣布答案。

「獎勵題的正確答案是『Ａ』，偶數。」

「什麼！」隔板對面傳來龍次的聲音。

「丁半的機率不是各五十嗎？」接著傳來明夫的聲音。

「請看清楚問題。上頭寫的不是丁半的機率，而是兩顆骰子合計的數字會有幾種模式。」頭目說。

「這樣不是一樣嗎？」不比等以顫抖的聲音說道。

「不對。」和樹加以否定。

「骰子的合計數字，最小的是一加一等於二，最大的是六加六等於十二。丁是偶數，所以是二、四、六、八、十、十二這六種模式，半是奇數，所以只有三、五、

5. 丁半：丁是偶數，半是單數。

七、九、十一這五種模式。所以正確答案是『A』，偶數。答對的黑川羅伯特同學與上村結衣同學、牧田和樹同學與市川奈緒子同學、宮野啟太同學與酒井彩香同學，各加兩點。」

「太好了，被我矇中了。」傳來羅伯特的歡呼聲。

啟太確認左胸的平板電腦，心型記號轉為藍色。暫時可以放心了。這麼一來，六個隊伍都同樣有三個點數。

傳來咚的一聲，室內的隔間牆壁降下，收進地板下。講義室和教室同樣大小，後方出現五張兩人坐的沙發。

大門開啟，女生們走入。頭目指示女生們按照桌上觸控面板所顯示的名字就座，彩香坐在啟太右邊。從最左側依序是羅伯特、結衣、不比等、玲奈、龍次、美雪、明夫、陽子、和樹、奈緒子、啟太，最右側是彩香。

「接下來要進行的遊戲是『翻牌遊戲』。」

原本出現在正面大螢幕上的頭目突然消失，改為出現一排八張的牌，排成五層，全部是背面，合計共有四十張。如果是撲克牌，應該會有五十二張才對，所以這似乎不是撲克牌。和正面大螢幕同樣的畫面，也出現在桌上的觸控面板上。

「規則很簡單明確。同一隊的男女相互以觸控面板選牌，湊齊號碼就獲勝。最後沒能得勝的一隊算輸，扣兩點。一次選牌的時間是兩分鐘，若在兩分鐘以內沒選牌，選擇權便會換人。一場遊戲的時間是六十分鐘，如果在時限內沒能分出勝負，剩下的隊伍扣一點，點數變為零的隊伍會被判ＬＯＳＴ。翻牌遊戲會進行三次。」

啟太一面聽頭目說明，一面思考這個翻牌遊戲有無必勝法，但遺憾的是，他現在腦袋還沒完全清醒。早上醒來後發愣，是他的老毛病。

「翻牌遊戲就像人生。為了湊齊兩張同樣的牌，非得掀開未知的牌不可，不掀牌就不會有勝利，但這也會給敵人提示。各位會採取何種生存方式呢？是守株待兔，持續等候機會到來？還是不入虎穴，焉得虎子，掀開未知的牌呢？」頭目以闡述哲理般的口吻說道。

由於四周被隔板包圍，看不到眾人的表情，但啟太頗感不安。他的搭檔彩香此時是以什麼樣的表情聆聽規則呢？

「選牌的順序由最左邊的黑川羅伯特同學、上村結衣同學開始，接著是溝口不比等同學、三崎玲奈同學，依序往右移。等來到最右邊的酒井彩香同學後，再重新輪回黑川同學，展開第二輪選擇。」

「我最先選牌嗎？」羅伯驚呼道。

「沒錯。各位請注意，遊戲開始後，一律禁止任何對話。那麼，第一場『翻牌遊戲』開始。黑川同學，請用觸控面版選牌。」

儘管頭目這麼說，但羅伯特還沒做好心理準備。他遲遲無法選牌，沉默良久。在連一張牌都沒掀開的狀態下，一下子就要湊齊兩張同樣的牌，需要有過人的運氣才能辦到。第一個隊伍十之八九無法湊齊同樣的兩張牌，只會給敵人提示。想到這裡，便對選擇猶豫再三，但就這樣占用兩分鐘的時間，也是一種作戰策略。

「怎麼啦？快選啊。」

從隔板對面傳來龍次的聲音。

「藤堂同學，遊戲進行時禁止對話。這次我網開一面，但下次就會處罰了。」頭目警告道。

啟太心想，接著應該會傳來龍次的咒罵聲，於是豎耳細聽。但期待落空，一片悄靜。

出現在大螢幕上的牌，有一張翻為正面，似乎是羅伯特下達了指示。那張牌顯示為③。

「上村同學，請選牌。」頭目道。

經過片刻的沉默後，又一張牌被翻正，是⑦。兩張牌沒湊齊。

大螢幕上顯示「No Match」的文字，兩張牌又翻回背面。選擇權換人。

「溝口同學，請選牌。」

在一片沉默下，大螢幕上顯示的一張牌翻為正面，是⑯。

啟太注視著號碼。牌一共有四十張，既然出現了十六號，那就有可能是一到二十號。這應該是以一到二十號的牌構成的組合，要湊齊同樣號碼的兩張牌看來並不容易。

「三崎同學，請選牌。」

第二張牌被翻正，是①號。某處傳來一聲嘆息，大螢幕上顯示「No Match」，這兩張牌再度翻為背面。

要是在這場遊戲中落敗就會被扣兩點。在場所有人都有三點，所以不會馬上被判LOST，但這並不表示他們可以輕鬆看待。要是輸了一次，再加一次時間到，點數就會減為零。真想早點湊齊兩張牌。以運氣和記憶力決勝負的翻牌遊戲，可有什麼必勝法？啟太對自己的記憶力有自信，但他只能選一張牌，決定勝敗的第二張牌則是由彩香挑選，就算說這場遊戲的勝敗全繫在她一人身上也不為過。他想與彩香討論，但這是禁止的行為。根本就一籌莫展。不過這裡的每一場遊戲都是這種狀態，焦急是大忌。

「藤堂同學，請選牌。」頭目道。

第一張牌翻至正面，是⑰。這也不是出現過的數字。

「大澤同學，請選牌。」

第二張牌翻正，是❸。

「啊！」傳來美雪的驚呼聲，頭目沒出言警告她。美雪掀開的❸號牌與之前羅伯特掀開的③號牌可以配成一對，但選擇權即將換人。大螢幕上顯示「No Match」，兩張牌又翻回背面。

「田中同學，請選牌。」

明夫挑選剛才美雪掀開的那張牌，❸號牌翻正。

「本山同學，請選牌。」

陽子挑選羅伯特掀開過的那張牌，③號牌翻正。

螢幕上顯示「Match」，燈光圍繞著❸和③號牌閃爍，就像電視的益智問答節目一樣。

「田中明夫同學、本山陽子同學勝出。請到後方的沙發休息。不過，在遊戲結束前請勿交談。」頭目道。

螢幕上播放明夫和陽子開心的表情。由於禁止交談，所以沒人出聲，但已出現勝出隊伍，現場緊張感頓時提升許多。剩下五隊。

「牧田同學，請選牌。」

「市川同學，請選牌。」

大螢幕上的一張牌翻正，是⑮。

「宮野同學，請選牌。」

第二張牌翻正，是⑫。大螢幕上顯示「No Match」，兩張牌又翻回背面。

「酒井同學，請選牌。」

啟太以觸控面板選擇尚未掀開過的牌。一張牌翻正，是❷。之前沒出現過。

一張牌翻正，是⑨。沒湊成一對，大螢幕上顯示「No Match」，兩張牌又被翻回背面。

彩香是憑直覺猜牌，但光靠直覺要湊成一對並不容易。雖然啟太上午時腦袋總是不太靈光，但現在不是說喪氣話的時候。真的沒有什麼獲勝的方法嗎？他絞盡腦汁思索，但還是想不出方法。大螢幕右邊角落顯示的計時器映入眼中，遊戲開始至今，已過了八分鐘。

「進入第二輪。黑川同學，請選牌。」頭目說。

大螢幕上有一張牌翻正，是⓰。之前不比等曾掀開過⑯號牌。

「耶！」傳來羅伯特的聲音。

「黑川同學，請肅靜。上村同學，請選第二張牌。」

本以為第二張牌很快就會掀開，但是停頓許久。第二張牌遲遲不開。結衣好像忘了⑯號牌在哪兒了，要是就這樣時間到，選擇權將會落入不比等和玲奈手中。

「上村同學，剩下六十秒。」

大螢幕上顯示出大大的剩餘時間。

59、58、57、56、55、54、53……

令人喘不過氣來的沉默一直持續。結衣似乎還在苦思，傳來某人急促的呼吸聲。來到最後三十秒，結衣似乎做了選擇。她掀開第二張牌，是⑯。大螢幕上顯示「Match」，燈光圍繞著⓰和⑯號牌閃爍。

「黑川羅伯特同學、上村結衣同學勝出，請到後方的沙發上休息。」

大型螢幕的畫面被分成四等分，映照著勝出的羅伯特和結衣那鬆了口氣的表情，以及苦著一張臉的不比等和面無表情的玲奈臉上的神色。大螢幕旋即又恢復成四十張牌，已湊成一對的四張牌翻至正面，剩餘的則是背面。

「溝口同學，請選牌。」

大螢幕上有一張牌翻正，是⑧。之前沒出現過。

「三崎同學，請選牌。」

頭目說完後，玲奈並未馬上選牌。現場再次陷入沉默，過了一分鐘。

「三崎同學，剩最後六十秒。」

59、58、57、56、55、54、53……大螢幕上顯示剩餘的時間。

玲奈還是沒選牌。

9、8、7、6、5、4、3、2、1。大螢幕顯示「時間到」，不比等選的牌被翻回背面。

昨天才第一次見面的玲奈究竟是怎樣的個性還不清楚，不過啟太覺得她是個膽識過人的強悍女生。在這種情況下，她應該不會因為緊張而犯下選不出牌的疏忽。她並不是選不出牌，而是故意不選，但這又是為什麼？

啟太差點叫出聲來。他本以為自己頭腦已逐漸清醒，看來還不夠。這麼簡單的事，他竟然疏忽了，也許他現在大腦的運作功能只有平時的一半。現場眾人都是胡亂掀牌，這樣很危險。要是第一張牌不是之前出現過的號碼，就會想憑運氣來湊第二張牌，但這樣只會向其他隊伍提供這兩張牌的資訊。相較之下，如果掀開的第一張牌不是之前出現過的號碼，還不如等候時間到，或是選擇之前開過的牌比較好。這麼一來，提供給其他隊伍的資訊便能減至最低。對於玲奈所採取的行動，不知道有多少人發現其背後的含意。選第一張牌的男生就算知道也沒用，重要的是選第二張牌的女生。彩香會發現嗎？有沒有方法可以讓她知道這點？

「選擇權換人。藤堂同學，請選牌。」

大螢幕上有一張牌翻正，是⓮。之前沒出現過的號碼。

「大澤同學，請選牌。」

頭目說完後，便傳來一陣咳嗽聲。雖然看不到臉，但聽得出是龍次在咳嗽。他已經發現掀開第二張牌的風險，因而打算讓搭檔美雪也知曉此事。他這種小動作昭然若揭。

「藤堂同學，你違反禁止交談的規則。」頭目說。

「我什麼都沒說喔。我只是因為喉嚨一時哽住才咳嗽的。」龍次加以反駁。

「這樣的藉口行不通。藤堂同學違反規定，這次和下次的選擇權暫停。」

「怎麼這樣……」龍次如此應道，接著馬上轉為痛苦的呻吟聲。

螢幕上播放出龍次雙手撐在桌上的影像，他一臉痛苦的表情，看起來是接受了腹痛的懲罰。

「知、知、知道了。」

龍次說完後，大螢幕上的⓮號牌翻回背面。

他們有能力裝設這些機關，絕非一般人，而且監視學生的應該也不只一、兩人。不可能瞞得過他們的眼睛，只有遵守規則，好好一決勝負了。

「牧田同學，請選牌。」在頭目的這聲指示下，遊戲再度展開。

和樹選的牌被翻正，是④。沒出現過的號碼。

「市川同學請選牌。」

奈緒子選的是沒開過的牌，出現❺。她似乎也還沒發現第二張牌帶有的風險。

大螢幕上顯示「No Match」，兩張牌都翻回背面。

「宮野同學，請選牌。」頭目說。

啟太凝望著螢幕，展開思索。這四十張牌當中，成對的③和❸、⑯和⓰這四張牌已翻正。而這覆蓋的三十六張牌當中，已知道號碼的牌有⑦、①、⓱、⑮、⑫、❷、⑨、⑧、⓮、④、❺這十一張。接下來啟太所選的牌，如果是這十一張牌的其中一個數字，彩香應該就能湊成對。雖然她也有可能忘了那十一張牌的位置，但因為她是考生，記憶力應該受過一番鍛鍊才對。如果她不記得牌的位置，那打從一開始就沒勝算。相較之下比較要擔心的是，如果啟太選擇的是沒出現過的數字，她會採取什麼行動。也許她會隨便掀一張牌，那樣很危險，碰巧湊成一對的可能極低。如果沒成功，之前沒湊成對的十八種數字當中，將會有十三種數字公開過。要是彩香所選的牌，剛好是之前開過的⑦、①、⓱、⑮、⑫、❷、⑨、⑧、⓮、④、❺這十一種數字的其中一個，接下來回答的隊伍肯定能勝出。如果啟太翻出沒出現過的牌，他希望彩香能浪費掉她的選牌時間，但該怎麼向她傳達這個想法呢？

「宮野同學，最後剩下六十秒。」頭目道。

他在思索時，已用去一分鐘的時間。大螢幕顯示剩餘時間，59、58、57、56、55、54、53……

原來如此。就這樣占用時間，剩最後幾秒時再選牌吧。這麼一來，如果選中沒出現過的數字，彩香應該也會發現還有利用「時間到」這招。啟太一直等到最後十秒才選牌。

掀開的牌是⑥，沒開過的數字。這麼一來就無法湊成對了。

「酒井同學，請選牌。」

別選牌啊——啟太暗自祈禱，但彩香沒能了解他的用意。

螢幕上掀開第二張牌，是最糟的號碼，❼。

大螢幕上顯示「No Match」，兩張牌被翻回背面。

啟太全身的力氣洩去。接下來做選擇的書呆子不比等，他的記性過人。玲奈的記憶力如何，尚屬未知，但只要不比等掀開⑦，玲奈只要選擇剛才開過的❼就行了。

「溝口同學，請選牌。」頭目說。

「請等一下。」

啟太做好會接受腹痛懲罰的覺悟，出聲制止。

「宮野同學，什麼事？」

看來，頭目願意聽他提問。

「回答已輪過兩遍了，差不多該改變順序了吧？」啟太明知不可能，但還是這樣詢問。

「這辦不到。」頭目如此回答後，隔了一會又補充道：「在此先跟各位說一聲，今後一概不接受遊戲進行中的提問或意見。從下次開始，將給予處分或懲罰。」

啟太噘起嘴。

「溝口同學，請選牌。」

大螢幕上馬上出現⑦號牌翻正的畫面。

「三崎同學請選牌。」

第二張掀開的牌為❼。大螢幕上顯示「Match」，燈光圍繞著⑦和❼號牌閃爍。不比等與玲奈勝出，只剩下龍次與美雪、和樹與奈緒子、啟太與彩香這三隊。

啟太整理一下腦中的思緒。已湊成對的牌有3、7、16這三種。已經掀開過，但還沒湊齊的數字有1、2、4、5、6、8、9、12、14、15、17這十一個。還沒掀開過的數字則有10、11、13、18、19、20這六個。要是和樹選的是沒開過的數字就好了……

「牧田同學，請選牌。」頭目道。

等了一會兒，大螢幕上掀開一張牌，是❶。之前開過①，這麼一來，和樹和奈緒子便可勝出了，將會只剩啟太和龍次他們這兩隊。輸了這場遊戲會被扣兩點，只剩最後一點，所以無論如何都得獲勝才行。

「市川同學請選牌。」

頭目說完後，第二張牌卻遲遲沒開。

怎麼了……

大螢幕左邊角落出現一個方形視窗，映出奈緒子花容失色的神情，看來她忘了①所在的位置。回答時間只剩最後一分鐘，要是再沒想起來牌的位置，機會就會落入啟太他們手中。剩最後三十秒，奈緒子終於選好了牌。所有人都望向大螢幕，她選的牌是⑧。

螢幕上顯示「No Match」，兩張牌又翻回背面。雖然四周被隔板包圍，看不見臉上表情，但此時和樹想必很沮喪。不過現在可沒閒工夫同情別人。這時候要是選錯了牌，到時候被逼入絕境的將會是自己。

「宮野同學，請選牌。」

在頭目的指示下，啟太面向觸控面板。奈緒子忘記①所在的位置，但啟太記得很清楚。他想選牌，但不知為何，手指卻停住不動。

「宮野同學，我想和你一起活下去。」

奈緒子說的話掠過他腦中。不行，不能想這種事。現在保住自己的性命最重要。而且，我答應過彩香，要全力投入勝負中。為了揮除腦中的雜念，啟太一再搖頭。

別怨我——啟太在心中如此低語，以觸控面板選牌。大螢幕上有一張牌翻正，是奈緒子忘了位置的①號牌。這麼一來，就算沒討論，彩香應該也會選擇剛剛才掀開過的❶，這樣就能勝出了。儘管啟太不相信超自然現象，但這時他相信有特殊能力，頻頻向彩香傳送念力。

「酒井同學，請選牌。」

等了一會兒，第二張牌開啟，是❶。大螢幕上顯示「Match」，燈光圍繞著①和❶號牌閃爍。

「宮野啟太同學和酒井彩香同學勝出，請到後方的沙發上休息。」

啟太撫胸吁了口氣。雖然過程驚險，但終於勝出了。奈緒子要是記得①號位置的話……想到這裡不禁背脊發涼。他想轉頭往後看，這才發現自己雙腳在顫抖。他先做了個深呼吸，讓心情平靜下來後，這才走向沙發。

遊戲仍繼續進行。

「藤堂同學，請選牌。」

輪到之前因受罰而暫停兩次的龍次了。啟太瞄了大螢幕一眼，一張牌被翻正，是❹。之前和樹掀開過④，要是美雪還記得那張牌，遊戲的第一場比賽便結束了。

「大澤同學，請選牌。」

接著旋即有一張牌被翻正，美雪選了④號。

大螢幕上顯示「Match」，燈光圍繞著❹和④號牌閃爍。

「藤堂龍次同學和大澤美雪同學的牌湊成一對，所以翻牌遊戲的第一場比賽結束。落敗的牧田和樹同學和市川奈緒子同學，扣兩點。」

「現在可以說話了吧？」龍次問。
「可以，不過在那之前，請讓我宣布第二場比賽。」
「嗯，好啊。」龍次冷冷地應道。
「第二場比賽會在一個小時後，在這個房間裡進行。中間是休息時間，請自由活動。」
頭目說完後，講義室的門自動開啟。
「你運氣真背。」
龍次朝坐在原地無法動彈的和樹說道，和美雪一起來到眾人所在的沙發前。
「休息了。」龍次帶著明夫他們走出講義室。
「我們要做什麼？」彩香問。
「離開這裡吧。」
一個小時後，賭上性命的遊戲將再次展開。和對戰對手共處一室，令他覺得喘不過氣來。啟太和彩香一起來到走廊上。

3

彩香帶著啟太來到二樓教職員室隔壁的會議室，裡頭只有大桌子和椅子，一個很單調的房間。

「原來這裡沒上鎖啊。」啟太道。

「昨天晚上，我試著隨手四處開門，發現這裡沒鎖。」

「看來是他們安排時，遺漏了這裡。」

啟太環視室內，如此說道。

「還要再比兩場翻牌遊戲對吧。」

平時很堅強的彩香，這時說話的聲音透著擔憂。

「妳不擅長嗎？」

「我對自己的記憶力沒什麼自信。」

妳這樣也配當考生嗎？啟太很想朝她大吼，但忍了下來。這時候要是吵架，便浪費了寶貴的休息時間。一旦遊戲開始，便禁止對話。如果要討論作戰計畫，就只能趁現在。

「和樹和奈緒子只剩一點呢。」彩香喃喃說道。

「是很可憐，不過我們也幫不上忙。」

「要是點數沒了，會被殺掉對吧。」

「別再談這個了。雖然不清楚我們為什麼會被捲入這場風波中，但現在想要活命，就得在遊戲中獲勝才行。要是忙著擔心大家，我們自己反而會被做掉。」

「沒有可以逃離這裡的辦法，對吧？」

「昨天我想過各種方法，但都不可能逃出這裡。」啟太斬釘截鐵地說道。休息時間有限，不能淨說些無關緊要的事，他們得一起討論翻牌遊戲該如何應戰。彩香面露不滿之色，但啟太佯裝不知。

「從下一場比賽開始，妳就別再隨便掀牌了。」

「這話怎麼說？是某種作戰策略嗎？」

「翻牌遊戲沒有必勝法。想要贏，需要的是運氣和記憶力。」

「這兩項我都沒有。」彩香語帶嘆息地說道。

「妳不是就選中了❶嗎？」

「因為才剛掀開過，所以我記得。」彩香很窩囊地回答道。

「只有這個比賽，妳一定要努力記住牌的位置。」啟太向她懇求道。

「好。」彩香坦率地點頭。

「剛才翻牌遊戲玩第二輪時，不比等選了牌之後，三崎同學一直沒選牌，就這樣用掉兩分鐘的回答時間，妳記得嗎？」啟太問。

「記得，我以為她是因為緊張而選不出來，難道不是？」

「那是作戰策略。」

「是嗎？」彩香聽得雙目圓睜。

啟太簡短地說明玲奈的做法。當第一張牌掀開不是前面出現過的數字時，如果要憑運氣掀開第二張牌實在很危險，憑運氣要湊齊同號碼的兩張牌機率極低。如果沒能湊齊，便會將這兩張牌的資訊透露給其他隊的人知道。一開始湊齊兩張牌的明夫和陽子就是這樣，在他們兩人之前，美雪選的❸號牌，與之前羅伯特掀開的③號牌剛好是一對。玲奈為了避免這種情形，因而刻意不選第二張牌，將時間耗盡。

「可是……」彩香插話道。

「有什麼問題？」

「既然這樣，就選之前開過的牌不就行了嗎？」

聽彩香提出這樣的意見，啟太莞爾一笑。能注意到這點，表示她很冷靜。

「這是我個人的猜測，我認為三崎同學是奸細。」

「我也這麼認為。不過憑的是女人的直覺。」

「突然要我們玩翻牌遊戲，大家都直接選牌，無暇思考，但唯獨三崎同學和我們不同。她為了讓我們大家覺醒，才特地採取耗盡回答時間的作戰方式。這麼做有兩個意義，一是打開第二張牌會有危險，二是……」

說到這裡，啟太像是要讓心情平靜似的做了個深呼吸。彩香一直靜靜等候他往下說。

「為了讓我們知道，這和一般的翻牌遊戲不一樣。」

「哪裡不一樣？」彩香納悶不解。

「在頭目說明的規則中，有一件事很奇怪，那就是時間限制。」

「那不是為了防止有人拖延時間嗎？」

「我一開始也是這麼認為，但時間限制有更重要的意義。頭目不是說過嗎？當過了一個小時仍無法決定輸家時，剩下的隊伍全都扣一點。」

「平手不也是會扣點嗎？」

「如果在翻牌遊戲中沒人選牌，玩了三次都還是平手的話，三次都扣一點，則所有人都會ＬＯＳＴ。」

「所以才一定要戰鬥，不是嗎？」

「可以利用這時間限制採取兩種作戰，分別是天使的作戰和惡魔的作戰。」

「咦？」彩香倒抽一口氣。

「如果是天使的作戰，就能在沒人ＬＯＳＴ的情況下結束翻牌遊戲。」

「這辦得到嗎？」

「很簡單。只要在第二場和第三場時，只讓和樹和奈緒子他們獲勝，所有人都不選牌，一直撐到時間到就行了。和樹他們那組將會以目前的一點，結束翻牌遊戲的遊戲。而其他五隊則是連續兩次扣一點，共扣兩點。在翻牌遊戲結束時，所有人都只有一點。」

「減少自己的點數來幫助朋友的這五隊，就像天使一樣。說公平的話，是很公平，但我不覺得大家都會贊成這個提案。」

「沒錯。好不容易贏了比賽，現在卻要為了幫助落敗的和樹和奈緒子而降為一點，應該會很不情願吧。這樣的話……」

「改惡魔作戰登場，對吧？」

「這個做法或許比較符合現實。」

「是怎樣的作戰法？」

「同樣是把時間耗盡的作戰方式，但目的卻大不相同。頭目不是說，我們當中只有兩個人能活著回去嗎？我們以外的這十人當中，妳最不想和誰戰鬥？」

「我不想和任何人戰鬥。」彩香馬上回答。

「那我換個問題吧。妳認為最難纏的對手是誰？」

「是……」彩香欲言又止。

「老實說。」

「好啦。女生當中，我覺得三崎同學有點陰森，但如果是運動方面，則是陽子和美雪，不過還是陽子比較可怕。如果是論學力，那可能是市川同學吧。」

「那男生呢？」

「運動方面，龍次不是高人一等嗎？不過，頭腦好、運動又強的和樹，應該最難對付吧。」

「我有同感。這幾隊裡頭，或許就屬和樹和奈緒子這隊最強，其他人應該也是這麼認為。想要活下去，他們兩人是最大的敵人。」

「啟太，你是這麼想的嗎？」彩香語帶責備地說道。

「這只是一般人的觀點。」雖然嘴巴上這麼說，但他也不是沒這麼想。兩人搭檔在遊戲中戰鬥，表示和搭檔一起存活的可能性很高。和樹與奈緒子是最大的敵人。

「惡魔的作戰是五隊合力讓其中一隊ＬＯＳＴ的作戰方式。」

「簡直就像霸凌嘛，而目標是和樹和奈緒子，對吧？」

啟太沒回答，繼續往下說。

「和天使的作戰一樣，這五隊就只是一味地耗時間。選擇的順序如果和上一場一樣，那麼和樹就是第九個選牌的人。要是前面八個人都耗光時間的話，就會用掉十六分鐘。光一次就要湊齊兩張牌並不容易，這麼一來，和樹與奈緒子下次選牌會在二十分鐘後，也就是已經過了三十六分鐘。要是還沒能湊成對，下次最快輪到時，也都已經是五十六分鐘後了。總共只有三次的選擇機會，這是最後的機會，而且奈緒子所選的第二張牌如果是之前出現過的數字，則會是由其他隊勝出。」

「照順序來看，不就是我們倆嗎？」

「就算我們不回答，接下來的羅伯特應該也會選。」

這場作戰計畫所冒的風險就是他們自己也會扣一點，非得毫不留情地讓鎖定的目標ＬＯＳＴ不可。

「可是，這得要十個人一起合作才辦得到吧？」

「妳想說，這計畫只是空談嗎？」

彩香正準備回答時，門外響起敲門聲。

「門沒關。」

啟太回答後，明夫從門外探頭。

「我有話要跟你們說。」

有不祥的預感。

「我們有個作戰計畫，你們願意合作嗎？」

明夫是前來傳話的。他帶來「惡魔的作戰」，為了讓和樹和奈緒子LOST。是不比等向龍次他們提議，羅伯特和結衣也同意合作，只剩啟太和彩香沒加入了。雖然啟太可以拒絕，但他說願意合作。彩香一臉不滿，但是讓自己孤立並非上策，眼下還是投靠人多的一方比較安全。不過啟太有點擔心，這種作戰方式，身為模範生的和樹應該也已發現，他難道沒有因應之道？

4

校內的廣播響起，宣布翻牌遊戲的第二場比賽開始，啟太和彩香返回講義室。和樹和奈緒子臉色凝重地坐在角落的沙發上，一旁的羅伯特和結衣、不比等和玲奈、龍次和美雪，都一副毫不知情的表情。要是耗時間的作戰計畫成功的話，和樹和奈緒子將會喪命，這是整個集團聯合起來陷害其中一組成員的卑劣手段。啟太不忍心看他們兩人。

「我從小就運氣不好。」

和樹若無其事地說了這麼一句。大家都佯裝沒聽見，但啟太則是略感在意，望向和樹。如果是頭腦清晰的和樹，應該會料到耗時間的作戰方式。這樣的話，他已知道自己在劫難逃，但他的表情卻還是一如往常。

「翻牌遊戲的第二場比賽開始，各位請至指定的位子就座。」

頭目在大螢幕上說道。大門即將關閉時，明夫和陽子這才衝進來。

「一緊張就想上廁所。」

明夫尷尬地說道，回到座位。羅伯特和結衣、不比等和玲奈、龍次和美雪，則是不發一言地就座。啟太窺望和樹的神色，心裡覺得古怪。如果已預料到耗時間的作戰方式，他應該會採取行動才對。

「在遊戲開始前，我有個問題。」和樹道。

這就對了，應該要先確認規則才對。如果遊戲時間沒限制，耗時間的作戰計畫便無法執行。

「什麼問題？」

「規則和第一場一樣嗎？」

「全都和第一場一樣。」頭目回答。

「這樣啊。」和樹低聲道。

接下來應該會要求更換位子。排在前面會比較早輪到，這樣比較有利。

「那麼，我要求更換座位。」和樹道。

「要求駁回。這座位不是我決定，是你自己選的位子。」

「我並不是因為知道是翻牌遊戲，才選這個位子。」和樹加以反駁。

「之前所有人也都不知道這會是什麼遊戲，條件全都一樣，謹慎的人會坐在中央的位子。」

座位的位置是依照走進房內的順序。這房間裡或許裝設了什麼機關，所以這可以說是依照勇氣的高低排序，也可以說是照輕率的程度排序。行事謹慎的啟太最後走進，所以坐在末座。

「我明白了。」和樹如此應道，和奈緒子一同就座。

奇怪。或許不會有多大的影響，但他還可以再提出一項要求。前一場遊戲是從左邊的羅伯特開始，和樹可以要求這次從右側的彩香開始。如果展開耗時間的計畫，和樹他們最多只能有三次的選擇機會。而且他們兩人如果在選牌時又花了一些時間，那麼，這次從左邊開始進行遊戲，或許只會有兩次的選擇機會。既是這樣，從右邊開始會比較好，至少可以多爭取一些時間，他為什麼沒提出這樣的要求？啟太感到一陣心神不寧。和樹該不會是另有對策，所以才會這麼乾脆地收手吧？他那沉著的模樣，不像被逼入絕境。到底是怎樣的對策？雖然一時間還看不透，但還是小心為上。

「我們之前在會議室裡談過只掀一張牌的作戰計畫，妳還記得嗎？」啟太對彩香咬耳朵道。

「嗯……不過和這次沒關係吧？」她露出詫異的表情。

「也許會有特殊的情況發生。」

「特殊的情況，你指的是什麼？」

「不知道……」

「怎麼會……」彩香面露不安之色。

「放心吧。」啟太出言安撫她。

「宮野啟太同學、酒井彩香同學，第二場比賽即將開始。請就座。」

在頭目的提醒下，啟太和彩香紛紛就座。

「規則和前次相同。同隊的男女交互以觸控面板選牌，湊齊相同號碼的隊伍便可勝出。最後一隊將會落敗，扣兩點。每隊一次的選牌時間是兩分鐘，兩分鐘內若沒選牌，選擇權便會移往下一隊。一場比賽時間是六十分鐘，在時間內若無法分出勝負，勝下的隊伍全都扣一點。點數為零的隊伍將會判定ＬＯＳＴ。」

所有人都默默聆聽規則。這項作戰計畫應該沒有漏洞……啟太心中的不安逐漸膨脹。這項計畫不管結果是成功還是失敗，事後都會讓人心裡很不是滋味。

「翻牌遊戲第二場開始，黑川同學請選牌。」

頭目如此宣布，但羅伯特遲遲不選牌，耗時間的作戰計畫開始。在一片沉默中，就只有時間一分一秒流逝。

「黑川同學，剩最後六十秒。」

大螢幕上顯示時間，59、58、57、56、55、54、53……接著時間到。

「上村同學，請選牌。」頭目說。

「請等一下，我有疑問。」和樹朗聲道。

「不接受。」

頭目以強硬的口吻說道。和樹就此沉默，可以猜得出他想說些什麼。第一張牌就沒選的話，就算掀開第二張也無法湊成對。既然這樣，不是可以馬上將選擇權移往下一隊嗎？這應該就是和樹想問的吧？但頭目連發問的機會都不給他。

「上村同學請選牌。」

頭目再次說道。結衣沒選牌，直接將她的兩分鐘耗光，接著時間到，選擇權移往下一隊。之後不比等、玲奈、龍次、美雪也都持續進行耗時間計畫，連一張牌都不掀，就此過了十二分鐘。

「田中同學請選牌。」頭目說。

正當眾人以為會和之前一樣等著時間耗盡時，大螢幕上突然掀開一張牌，是⑪。什麼！

啟太差點叫出聲來，但這是禁止的行為，所以他緊閉雙脣。雖然沒人出聲，但眾人的驚訝，令現場的氣氛為之動搖。

這到底是怎麼回事？發生什麼事了？

有可能是明夫誤觸面板。雖然沒能耗盡原本預定的兩分鐘時間，但這對作戰並不會有太大的影響。

「本山同學請選牌。」

陽子應該不會選牌，但第二張牌接著掀開。

為什麼？

啟太腦中滿是問號。他們兩人都誤觸面板了嗎？有可能會發生這種巧合嗎？雖然也不無可能，但實在無法想像。難道他們不想加入這場耗時間的作戰計畫？唯一想到的可能性，就是他們臨陣倒戈，但現在還不能妄下斷論。陽子選的第二張牌是⑨，大螢幕上顯示「No Match」，兩張牌又翻回背面。遊戲靜肅地進行著。

「牧田同學，請選牌。」頭目說。

和樹選的第一張牌被翻正，是⓯。接著奈緒子選的第二張牌也翻正，是⑥。大螢幕上顯示「No Match」，兩張牌旋即翻回背面。

「宮野同學，請選牌。」

輪到啟太選牌。他朝大螢幕上顯示的時間瞄了一眼。遊戲開始到現在只過了十三分鐘。由於明夫和陽子選牌，所以比預定時間提早四分鐘輪到了啟太。就算啟太和彩香各耗光兩分鐘，也才只經過十七分鐘。如果明夫與陽子倒戈，掀開的牌數將會比預定多出一倍，所以湊成一對的機率也會倍增，耗時間作戰的計畫也將失去其功效。既然這樣，就算現在選牌也無所謂了，不過……得謹慎行事才行。思考一分鐘後，啟太做出決定。要行動的話，就從下次的選擇開始吧，現在還不確定明夫與陽子是否倒戈。啟太與彩香堅守沉默，各自耗光二分鐘的時間。

選完一輪後，邁入第二輪。羅伯特和結衣、不比等和玲奈、龍次和美雪，各自又耗光自己的時間，接著輪到明夫和陽子的第二次選擇。截至目前為止已過了二十九分鐘，剩下三十分數十秒。

「田中同學請選牌。」頭目說。

啟太注視著大螢幕。這次就能清楚明白明夫的動向了，要是牌掀正，他就是無意執行作戰計畫。如果沒選牌，就這樣過了兩分鐘，那就是前次的選擇出了點狀況。答案很快便揭曉。一張牌被掀正，是❹。這麼一來就清楚了。雖然原因不明，但明夫無意執行耗時間計畫。

一旁傳來急促的呼吸聲。雖然看不到臉，但應該是龍次，想必是對自己的小弟明夫背叛一事怒不可遏吧。

「本山同學請選牌。」

第二張牌翻正，是❻。

啟太瞪大眼睛。這是最糟的情況，在上次的選牌中，奈緒子開的就是⑥。這麼一來，和樹和奈緒子便勝出了。耗時間作戰宣告失敗。大螢幕上顯示「No Match」，兩張牌都翻回背面。

「牧田同學，請選牌。」

和樹選的牌翻正，是⑥。接著奈緒子選的第二張牌也被翻正，是❻。大螢幕上顯示「Match」，燈光圍繞著⑥和❻號牌閃爍。

「牧田和樹同學和市川奈緒子同學勝出，請到後方的沙發休息。」

大型螢幕上的畫面一分為二，映出勝出的和樹和奈緒子的表情，兩人還是一樣擺出撲克臉。

這麼一來，就只有掀牌展開勝負了。時間還剩三十分鐘。

「宮野同學，請選牌。」在頭目的提醒下，啟太對觸控面板做出選擇。大螢幕上有一張牌翻正，是③，還沒開過的數字。他望著螢幕，心裡很擔心接下來彩香會如何選擇。第二張牌接著翻正，彩香選的是之前陽子選過的⑨號牌。為了避免掀第二張新牌的風險，她選擇之前已掀開過的牌。

這樣就對了，啟太在心中說道。

選擇來到了第三輪。

由於和樹和奈緒子已勝出，所以接下來只能照一般的方式玩翻牌遊戲。羅伯特選的牌翻正，是⑩，能湊成對的牌還不曾出現過。考量到第二張牌的風險，結衣會選擇已知的牌，或是採取兩分鐘的沉默，這樣比較妥當……但她似乎魯莽地選擇未知的牌。一張沒人選過的牌翻正，是❿。

「噢！」

傳來羅伯特的歡呼聲。頭目沒警告他。燈光圍繞著⑩和❿號牌閃爍，顯示「LUCKY」。

羅伯特和結衣似乎運勢過人，光憑直覺就湊齊了牌。世上就是有這麼少見的人，常在商店街的抽獎活動、懸賞獎品、獎券這類的活動裡抽中大獎。相反的，也有人與中獎無緣，啟太就是這樣的人，可能彩香也是。昨天她說過「我從小就運氣不好」，看來，是兩個不走運的人湊成了一組。像這樣的搭檔想贏，只能靠實力，唯有腳踏實地進行掀單張牌的作戰方式。雖然啟太不是很了解彩香的個性，但她並不是那種機伶的類型。不過她也不會採取魯莽的行動，應該會很穩健地協助他執行這種只掀單張的作戰計畫。運氣固然重要，但要贏得遊戲，需要有作戰計畫和意志力。這場要是輸了便會扣兩點，至少也要將停損點設在因為時間到而只扣一點的局面。

選擇權改移至不比等手中，大螢幕上有一張牌翻正，是⑦。啟太記得那張牌的位置，他的記憶力是活命的希望。

選第二張牌的玲奈掀開的是已開過的牌⓯。這一組同樣採取低風險的掀單張的作戰方式。大螢幕上顯示「No Match」，兩張牌又翻回背面。

「藤堂同學請選牌。」

輪到龍次選牌了。他會採取什麼行動，啟太很感興趣。要不是有規則在，他應該會一拳將明夫打飛吧，但龍次採取的行動令人相當意外。

「藤堂同學，剩下最後六十秒。」頭目道。

大螢幕上顯示著倒數的時間，59、58、57、56、55、54、53⋯⋯

龍次仍執行把自己的兩分鐘耗完的耗時間作戰。原本的目標和樹和奈緒子既然都已擺脫他們了，為什麼他還不選牌呢？是因為被自己的小弟背叛，而出現這種脫序的行為嗎？最後龍次耗光了自己的兩分鐘。這麼一來，美雪什麼也不能做，她也只能跟著耗時間。

「唔……」

傳來明夫苦惱的聲音。

「田中同學，請安靜。」頭目警告道。

傳來明夫那幾不成聲的沉重呼吸聲。他對背叛龍次的行為感到後悔，因此深感苦惱。

原來如此，龍次那是無言的抗議。

行事謹慎的龍次早已想到出現背叛者時的對策。在昨天的遊戲中砍死自己搭檔的羅伯特、逼死自己男友的結衣、來歷不明的玲奈、自我中心的不比等，他們其中任何人背叛都不奇怪。唯一可信賴的或許就只有明夫和陽子，龍次以無言的抗議來對背叛他的小弟和女友施壓。美雪的時間已耗盡，選擇權轉至明夫手上。

「田中同學請選牌。」

傳來明夫的沉聲低吟。過了一會兒，掀開了一張牌，是③。差點被沉重壓力給壓垮的明夫犯了個糊塗的錯誤，這麼一來，第二張牌陽子只要選一張已知的牌就沒事了，但螢幕上掀開的，卻是之前沒掀開過的牌，⓫。

「啊！」陽子發出一聲驚呼，她似乎發現了自己的疏忽。之前結衣憑直覺湊齊一對牌，但這種偶然不會接連發生。能與陽子所選的⓫湊成一對的⑪，之前是明夫掀開的。螢幕上顯示「No Match」，兩張牌又翻回背面。

「宮野同學，請選牌。」

沒人說話，但啟太卻感覺一陣不安。龍次無言的壓力不僅影響了明夫和陽子，也打亂了所有人的思緒。啟太先做了個深呼吸，讓心情平靜後，這才面向觸控面板。他選的是明夫第一張所選的⑪，雖然彩香說她對自己的記憶力沒什麼自信，但⓫才剛開過，她應該還記得位置。

「酒井同學請選牌。」

頭目說完話後，隔了好一會兒。怎麼了，該不會忘了那張牌的位置吧……這短短數秒，感覺卻猶如數分鐘長。第二張牌最後終於掀開，是⓫。啟太撫胸吁了口氣。大螢幕上顯示「Match」，燈光圍繞著⑪和⓫號牌閃爍。

「宮野啟太同學和酒井彩香同學勝出，請到後方的沙發休息。」

當真是得來全不費工夫。啟太和彩香因為這意外的幸運而勝出，陽子之所以沒執行耗時間作戰，是因為她往和樹他們那邊倒戈。和樹是在什麼時候、用什麼方法改變了他們兩人的想法，真想知道真相。

「難道是他掌握了明夫的弱點？」

啟太甫一開口，便感到腹部一陣劇痛。

「勝出者不准出聲。」頭目警告道。

腹痛很快便消除，眼下似乎也只能在一旁靜靜觀看翻牌遊戲繼續了。繼續留下來比賽的這六人一面注意剩餘的時間，一面掀牌。第四組湊齊一對的是不比等和玲奈。

剩下最後十分鐘，成了龍次和美雪、明夫和陽子這兩組的對決。勝敗得看運氣而定，但啟太相信龍次他們這組會獲勝。有句話說，氣弱生百病，氣的強弱也關係著勝負。明夫已被龍次的氣所震懾，這麼一來，就算運氣來了也會溜走。之前一直堅持耗時間的龍次這時終於也選牌了，是與之前明夫開過的牌同樣的數字。美雪挑了對應的牌，輕鬆獲勝。

「藤堂龍次同學和大澤美雪同學湊齊一對，所以翻牌遊戲第二場結束。落敗者田中明夫同學和本山陽子同學扣兩點。」

頭目話一說完，明夫當場跌坐在地。原本想要領先眾人，結果反而造成反效果，成了最後一名。

「最後一場，一個小時後在這個房間進行。中間是休息時間，請自由活動。」

頭目從大螢幕上消失，講義室的大門自動開啟。明夫仍坐在地板上，動也不動。朝失敗者伸出手的是龍次。

「咦？」明夫抬起臉來。

「這樣你清醒了嗎？」龍次柔聲道。

「你願意原諒我？」

「下次別再犯了。」

龍次一把握住明夫的手臂，扶他站起。

啪、啪、啪……一陣像在嘲笑似的緩慢拍手聲，向他們兩人傳來。是坐在沙發上的玲奈，她打斷這對不良少年之間的友情交流。
「就像《新少年快報》裡的世界一樣呢。」
「多嘴！」龍次狠狠瞪了她一眼，但玲奈不為所動。
「因為他們的關係，使得強敵無法ＬＯＳＴ，這件事請你別忘了。」
她代替眾人說出被背叛的心聲後，帶著不比等走出講義室。
「真是一齣鬧劇。」羅伯特也留下這句話，就此和結衣步出講義室。
啟太朝站在一旁嗤笑的和樹說道：「我們出去聊一下吧。」

5

「我覺得你沒要求變更選擇的順序，實在很奇怪。」啟太低語道。
「原來如此，所以你猜到明夫他們會倒戈是吧？」
說這話的人是和樹。翻牌遊戲第二場比賽結束後，啟太和彩香帶著和樹和奈緒子來到會議室。
「不，這點我沒料到，不過我猜測應該是發生了什麼事。」
「夠敏銳。」
和樹露出滿意的笑容。他只剩一點，要是下一場沒能勝出，便會沒命，但他卻不顯一絲怯意。這位全校第一的高材生，平時行事低調，但其實對自己很有自信。

「我完全看不出來。」彩香插話道。

啟太大致說明了一番。和樹他們得到的同伴只有明夫他們那一隊。其他四隊都進行耗時間作戰。由於有二十種牌，所以就算掀開二十張牌，還是有可能無法湊成對。既然這樣，和樹他們就得在不耗時間的情況下多開幾張牌。就算第一張牌的號碼不是之前出現過的，他們還是得相信自己的運氣，選擇沒掀開過的牌。

「因為也有像羅伯特和結衣那樣，碰巧湊成一對的情況。」和樹補充道。

「不過，這樣也伴隨著危險。」啟太接著道。

如果挑選的第二張牌和之前出現過的號碼一致，後面的隊伍可能會搶走機會，就此勝出。如果選擇順序顛倒過來，和樹與奈緒子沒能湊出成對的牌，就能讓明夫和陽子勝出。

「想到這裡，我都感到背脊發涼呢。」和樹道。

如果讓明夫他們先勝出的話，結果會變成怎樣？其他四隊將會繼續進行耗時間作戰，和樹與奈緒子勢必得靠自己來湊齊一對。雖然也不是絕不可能的事，但有其困難度。

「如果順序沒倒過來，而我們沒能湊成對的牌，你們兩人應該會湊齊勝出吧？」和樹問。

「就算我們沒出手，羅伯特或不比等他們也會搶去。」

「採取耗時間作戰的隊伍減少，對我們來說並非不利的條件。最糟的情況是被明夫他們搶先勝出。」

「因為倒戈的是明夫他們，所以你才沒要求改變選擇順序對吧。」

「一點都沒錯。你連這點都看得出來，看來，要騙你可不容易呢。」

根本是睜眼說瞎話。這次的戰鬥，連啟太也完全沒料到。能湊齊同一對牌，純粹只是運氣好。

「你是怎麼騙到明夫他們？」

啟太語帶揶揄地問道。

「因為他們兩人在走廊上四處跑，所以我就叫住他們。」

明夫和陽子當時應該是為了找啟太和彩香一起討論耗時間作戰的事，所以才在校內四處東奔西跑，結果反而造成了反效果。

「你是對他們說了什麼？」

「……你們是贏不了龍次的。」

這或許是最會引人上鉤的一句話。只有兩個人能活著走出這裡，如果這表示只有一組的話，那麼，早晚都免不了和龍次他們一戰。明夫的腦袋和體力都不如龍次，不管是怎樣的戰鬥都贏不了。

「你邀他們一起打敗龍次是嗎？」

「沒那麼直接。我只是對他們說，你們要是不找機會先領先龍次，之後一定贏不了他。」

就這樣，明夫和陽子開始動搖。倘若與和樹和奈緒子結盟，就此勝出，而最後比的是以體力決勝負的遊戲，這麼一來他們兩人也會有勝算。

「明夫的心情我能理解，但沒想到連陽子也背叛。」啟太感到納悶。

「這是我做的賭注。」

「他們兩人在遊戲開始前，好像一直很苦惱，所以才會一直等到時間快到了才走進講義室。」

「我隱約能了解陽子的心情。」彩香說。

「這話怎麼說？」

「是因為嫉妒。這明明是攸關性命的遊戲，但藤堂同學卻始終都和美雪一起行動，才會讓陽子改變想法吧。」

女人還真是麻煩——雖然心裡這麼想，但啟太沒說出口。離最後一場翻牌遊戲只剩下一點點時間了，沒時間聊這些無意義的事。

「我們的點數只有一點，下一場要是沒能勝出就得死。我們兩人想私下擬定作戰計畫，可以吧？」

和樹和奈緒子走出會議室。

「一句話也沒說呢。」彩香道。

她指的是奈緒子。奈緒子又是什麼想法呢？對於想讓他們ＬＯＳＴ的啟太，她是怎麼看呢……也許她是比玲奈還要神祕的人物。

「下一場比賽要怎樣應戰?」彩香問。

「我想視現場的氣氛而定。」啟太道。

6

校內廣播響起,通知最後一場翻牌遊戲即將開始,啟太和彩香返回講義室。龍次正以誇張的口吻和他的搭檔美雪、小弟明夫、女朋友陽子交談。

「我們要是不團結合作就無法存活。別去想之後會發生的事,要是不先贏過眼前這關,就沒有未來可言。我不允許之後再有這種背叛的行為發生,要是你們再做這種事,我會宰了你們,跟遊戲無關。」

龍次沒責怪明夫他們的背叛,反而凝聚了他們之間的情誼。

坐在沙發上的玲奈朝他們四人投以冰冷的視線,坐在她身旁的搭檔不比等,則是顯得一派輕鬆。他們這組有三點,所以不會馬上LOST。不過,原本膽小的不比等在這幾場生死存亡的勝負中,似乎變得愈來愈強悍,令人感到可怕。羅伯特和結衣一臉嚴肅地走進來。這兩人運氣很好。俗話說,運氣也是實力的一部分,或許對他們要特別留神。

「終於來到最後一場了。」和樹如此說道,走進講義室。啟太轉頭看,剛好與走在和樹身後的奈緒子四目交接。她以水亮的雙眸回望,嫣然一笑。啟太急忙別過臉去。這種情況如果是發生在平凡的校園生活中，啟太應該會雀躍無比，但現在她是自己的對戰對手，是敵人，不能感情用事。

「你打算怎麼應戰？」啟太面無表情地詢問。

「你自己呢？」和樹反問。

「還在思考中。」

「就別再用耗時間那招了。」

和樹以輕鬆的口吻道。他是說真的，還是只想以此令啟太迷惑……

「你的作戰計畫呢？」彩香悄聲問道。

啟太一面感覺現場的氣氛，一面思索。讓和樹與明夫這兩組勝出，其他人則是耗光時間，全都扣一點，這也是個辦法。這麼一來，這場遊戲就沒人會死。但在現在這種氣氛下，應該沒人願意配合吧。現場彌漫著想要一決勝負的氣氛，而且耗時間作戰法，如果沒能取得所有人的信賴，會有危險。一旦失敗，明夫、陽子、和樹、奈緒子四人或許會全都喪命，他們應該不想冒這個險。

「到底該怎麼做？」彩香催促啟太回答。

啟太就像要說服自己似的微微頷首。這時候對她下達作戰指示並不恰當，因為規則可能會變更，而且不知道其他組會採取何種作戰方式。遊戲開始後便不能交談，到時候就算想變更作戰方式，也無法通知她。既然這樣，一開始就決定好作戰方式，並非上策。

「就臨機應變吧。」啟太道。
「這什麼啊？」彩香頗為驚訝。
「看是要採取耗時間作戰，只掀一張牌，還是掀兩張牌，就視現場狀況來判斷吧。不管發生什麼事都要處變不驚，冷靜地靠自己來做判斷。」
「這種遊戲我最不擅長了。」
「沒這回事。妳比我還冷靜，而且更能下達準確的判斷。我們要相信彼此的能力，一起挑戰這個遊戲。」
啟太說完後，彩香不滿地噘起小嘴。
「翻牌遊戲的最後一場比賽即將展開，請各就各位。」
出現在大螢幕上的頭目如此說道，全員回到座位。和之前一樣的座位順序。
「最後一場，請容我改變規則。」頭目道。
啟太的直覺猜中了，果然要變更規則。
「選牌由最右邊的酒井彩香同學開始。遊戲時間縮減為之前的一半，三十分鐘。湊齊一對牌就勝出，輸的一隊不論點數多少，一概LOST。如果在時限內分不出勝負，便算平手，沒湊齊一對牌的隊伍全都扣一點。」
啟太緊咬嘴脣。雖然早料到會有這麼一招，但沒想到是最後一場才改變規則。時間是三十分鐘，輸的人會無條件喪命。之前以為有三點就能高枕無憂的想法看來是過於天真。該採取何種作戰方式才好呢？因為時間很短，為了安全起見，採取耗時間作戰是最好的做法，但他們這組握有主導權的人是選第一張牌的彩香。啟太的性命全握在她手中。

頭目從大螢幕上消失，改為出現牌的畫面。之前是一排八張，排成五層，共四十張牌，但現在卻改為一排四張，排成五層，只有二十張牌。

「最後一場翻牌遊戲開始，酒井同學請選牌。」頭目說。

經過一段時間的沉默，螢幕上的牌遲遲沒翻面。彩香應該是在思索該如何是好。原本的規則做了很大的改變，時間和牌的張數都減為一半，而且只要落敗就會死，就連向來有膽識的彩香也做不出判斷。儘管思考時間只剩六十秒，牌還是沒任何動靜。她應該不是刻意要執行耗時間作戰，但結果卻一樣。彩香一直沒選牌，就這樣耗光兩分鐘。既然這樣，接下來啟太要是掀牌，也只是給其他隊提供資訊罷了。他能做的，就只有不選牌，把時間耗盡。

「市川同學請選牌。」

頭目話還沒說完，已有一張牌翻正，是❼。為了不浪費時間，奈緒子立刻選牌。

「牧田同學請選牌。」

第二張牌馬上翻正，是❶。大螢幕顯示「No Match」，這兩張牌又翻回背面。

接下來陽子也馬上選牌，是②。明夫也馬上選擇第二張牌，是③。大螢幕顯示「No Match」，兩張牌又翻回背面。

啟太注視著大螢幕。龍次他們之間的情誼如果夠牢固，美雪應該會選牌，但此刻是在生死攸關的情況下，可能會有出乎意料的情況發生。

到底會怎麼出招呢？

大螢幕上有一張牌翻正，是⑨。龍次他們打算堂堂正正地一決勝負。第二張牌翻正，是①。

現場一陣譁然。可以湊成對的❶之前已經出現過。大螢幕顯示「No Match」，兩張牌又翻回背面。

「三崎同學請選牌。」

只要玲奈和不比等選擇①和❶，就能勝出，但牌卻遲遲不翻正。感覺時間過了很久，其實只過了約一分四十五秒。在最後十五秒時，❶號牌翻正。好卑鄙的作戰手法，玲奈似乎打算占用她現有的時間後再勝出。

「溝口同學請選牌。」

不比等也一樣占用很長的時間。雖然這兩人昨天才認識彼此，但他們似乎心意相通。他和玲奈一樣，在過了一分四十五秒後才掀開①號牌。大螢幕上顯示「Match」，燈光圍繞著❶和①號牌閃爍。

「三崎玲奈同學和溝口不比等同學勝出，請到後方的沙發上休息。」

大螢幕一分為二，映出鬆了口氣的不比等和滿面笑容的玲奈。時間已過了八分鐘，剩下二十二分鐘。

接下來的結衣和羅伯特採取耗時間作戰。兩人各用了兩分鐘，遊戲開始至今已過了十二分鐘。

一輪結束，又輪回了彩香。啟太也只能相信她了。不能交談令人倍感焦急。彩香沒選牌，時間就此流逝。第一次選擇時，或許是在猶豫不決中耗掉了時間，但這次似乎是故意不選牌，採取耗時間作戰。這麼做是吉是凶，沒人知道。她耗光了時間，改換啟太選牌。既然這樣，也只能同樣耗光自己的兩分鐘了。已十六分鐘過去，剩下十四分鐘。

「市川同學請選牌。」頭目說。

啟太靜靜注視著螢幕，⑩號牌翻正，是沒出現過的號碼。

「牧田同學請選牌。」話還沒說完，第二張牌已翻正，是❺，這號碼也沒出現過。兩張牌翻回背面後，很快又一張牌翻正，是⑥。選牌的人是陽子，接著明夫選的第二張牌也翻正，是⑤。

啟太倒抽一口氣。

可以湊成對的❺號牌已出現過，接下來的隊伍可以就此勝出。

「大澤同學請選牌。」頭目說。

傳來美雪的呼吸聲。應該是面對可以湊齊一對的好機會，變得特別謹慎吧。

隔了一會兒，❺號碼翻正。輪到了龍次。等了一會兒，⑤號牌翻正。大螢幕上顯示「Match」，燈光圍繞著❺和⑤號牌閃爍。

「大澤美雪同學和藤堂龍次同學勝出，請到後方的沙發上休息。」

這麼一來就有兩隊勝出了。時間才只過了十七分鐘，這樣的情況發展很不利。若採耗時間作戰，也許是自掘墳墓，但選擇作戰方式的人是彩香。

結衣和羅伯特都不選牌，把自己的時間耗盡。二十一分鐘過去，剩下九分鐘。

進入第三輪，彩香和啟太都沒選牌，繼續採耗時間作戰。二十五分鐘過去。

「市川同學請選牌。」

大螢幕上有一張牌翻正，是❸，與它湊成一對的③已經掀開過。和樹這位高材生忘記位置的可能性極低，奈緒子與和樹應該會就此勝出才對。

第二張牌掀開，是③。大螢幕上顯示「Match」，燈光圍繞著❸和③號牌閃爍。

這麼一來，就只剩啟太和彩香、明夫和陽子、羅伯特和結衣這三隊了。倘若明夫他們湊齊一對牌而勝出，最後將只剩啟太他們和羅伯特。他們的點數都是三點，就算減少一點也不會ＬＯＳＴ，所以只要繼續耗時間就能保命。但要是羅伯特他們先勝出，而得與明夫他們繼續比賽的話，只剩一點的明夫和陽子一定會全力求勝，到時候可就危險了。

啟太靜靜注視著大螢幕。二十張牌裡頭，有六張已湊成對。分別是1、3、5。而沒湊成對，但已知道位置的號碼，則有2、6、7、9、10。至於兩張牌都不曾出現過的號碼有4和8。如果陽子所選的牌是❷、❻、⑦、❾、❿的其中一張，明夫他們就能勝出。到時候這場比賽就可以在沒人喪命的情況下結束。大螢幕上有一張牌翻正，啟太看了之後倒抽一口氣，是④。

這是最糟的號碼，但還是有希望，只要明夫憑直覺掀開❹就行了。現在蓋著的十三張牌當中，還不知道號碼的有八張。裡頭有❹，機率是八分之一。

「田中同學請選牌。」

第二張牌遲遲沒掀開。大螢幕左邊角落出現一個小視窗影像，映出明夫僵硬的表情，他眼睛連眨也不眨一下緊盯著觸控面板。時間一秒一秒地流逝。明夫拿定主意，選了一張牌。

這下傷腦筋了。由於禁止說話，所以啟太沒出聲，但他緊緊抱頭。明夫選的牌是❷，大螢幕上顯示「No Match」，兩張牌翻回背面。

啟太朝大螢幕角落顯示的時間瞄了一眼，已過了二十六分鐘，還剩下四分鐘左右。之後結衣和羅伯特會如何出招將決定一切，就算他們兩人和之前一樣採取耗時間作戰，還是會剩下一分鐘。要是啟太和彩香、明夫和陽子這兩隊接連把牌湊齊，結衣和羅伯特將會ＬＯＳＴ。最安全的做法是選出已知道位置的②和❷，先勝出再說。但這麼一來，啟太和彩香便會陷入困境。

「上村同學請選牌。」頭目說。

結衣選的牌翻正，是❷。接著頭目要羅伯特選第二張牌。他選的是②，大螢幕上顯示「Match」，燈光圍繞著❷和②號牌閃爍，結衣和羅伯特勝出。時間已過了二十七分鐘，還剩三分鐘。

「酒井同學請選牌。」

翻牌遊戲進入第四輪。考慮到剩餘的時間，只要什麼都不做，兩人一起耗光這三分鐘，就能在減一分的情況保住一命，但到時候明夫和陽子將會喪命。這點彩香應該也明白才對。儘管如此，還是不能選牌，要靜靜等候時間結束。

「太卑鄙了。快選牌啊！」

大叫的人是勝出後在沙發上觀戰的龍次，緊接著馬上傳來他痛苦的呻吟聲，因為違反規則遭到懲罰。

「彩香，和他們一決勝負啊。」龍次強忍著痛苦，放聲喊道。

別選啊，選了就完了。不可以感情用事，不管別人怎麼說，都要把時間耗盡。雖然不能說出口，但啟太在心中吶喊。大螢幕的小視窗映照出彩香的模樣，她碰觸觸控面板。

怎麼會……但還是有希望。她選的牌如果是❹、❻、⑦、❾、❿的其中一個，啟太就能獲勝。唯一不能開的牌是⑧和❽。號碼8還沒被掀開過。牌緩緩翻正，是⑧。啟太感到全身力量洩去，這是最糟的號碼。這麼一來，所有數字都開過了。這時候啟太要是不憑直覺從還沒掀開過的六張牌裡選出❽，便會輸掉這場比賽。剩下的時間已不到兩分鐘。就維持這樣，維持這樣不選牌，把時間耗盡，就能保住性命。啟太緊緊握拳，等候一切結束。

「你打算害死明夫和陽子嗎……快一決勝負啊。」

傳來龍次的叫罵聲，但啟太還是忍了下來。要這樣結束一切，為了活下去。他額頭冒出豆大的汗珠。明明只是坐著，卻感到痛苦難捱，頭暈目眩。

「我饒不了你！」龍次喊道。

「藤堂同學，你再說話會被判定ＬＯＳＴ喔。」頭目出言警告。

「你這傢伙……」龍次如此說道，倒臥地上，痛苦掙扎。

啟太等候時間到。

大螢幕上顯示剩餘時間。

10、9、8、7、6、5、4、3、2、1，時間到。

「翻牌遊戲最後一戰結束。比賽完畢。」

頭目說完後，隔板降下，收進地板內。啟太望向左方，看到面如白蠟的陽子和明夫。

「無法湊齊一對的宮野啟太同學、酒井彩香同學、田中明夫同學、本山陽子同學，各扣一點。已無點數的田中明夫同學和本山陽子同學這組ＬＯＳＴ。」頭目以冰冷的聲音說道。

「我不要，救命啊……」

明夫就像已耗盡精力般，只能發出細蚊般微弱的聲音。一旁的陽子雖然身子在顫抖，但似乎仍極力保持自我。

「明夫、陽子！」

龍次正準備朝他們兩人衝去。

「別過來！」陽子語氣沉穩地喊道。
龍次一時間停了下來，和樹從後方抱住他。
「你幹什麼！」
「現在不能靠近他們，他們兩人已經沒救了。」和樹道。
說時遲那時快，室內響起轟的一聲爆炸聲。
「哇！」和樹叫了一聲，跌坐地上，其他人全都低下頭。不必確認也知道發生了什麼事，點數歸零的兩人已爆炸身亡。
啟太緩緩抬起臉來，只見內臟飛散，黑血灑滿一地。
「唔……」
明夫沉聲低吼。他的腹部被炸開，上半身與下半身被分成兩截，似乎還沒完全斷氣。
「別怨我……」啟太如此說道，別過臉去。
「陽子，為什麼會這樣……」
龍次步履蹣跚地來到陽子面前。腹部炸出一個透明窟窿的陽子已經斷氣。
「陽子……」
龍次聲嘶力竭地叫喊，抱住陽子渾身是血的屍體。
「下一場遊戲將在十五分鐘後於體育館進行，在那之前是休息時間。除此之外，之前也曾告知過各位，這裡嚴禁遊戲以外的暴力行為，違反者將會受罰。請特別注意。」

頭目在大螢幕上說道。

「我們離開這裡吧。」

啟太悄聲對彩香道。彩香似乎也感覺到危險，點了點頭，朝大門走去。這並非違反規則，這只是為了生存所採取的最佳辦法。如果要責怪啟太，根本就找錯了對象。但這種道理對龍次說不通，他的小弟和女友因為啟太的作戰計畫而落敗喪命，他當然會將矛頭指向啟太。

「哎呀，我們也去體育館吧。」

玲奈朝正準備離開講義室的啟太他們喚道。這女人真討厭，唯恐天下不亂。

抱著陽子的遺體傷心難過的龍次，視線移往啟太。

「站住！」

暴力行為是禁止的，所以應該不會有危險。儘管如此，啟太還是不想和龍次打照面。

「你有意見的話，不該衝著我來吧？」啟太擺出強硬的態度。

「殺死明夫和陽子的人是你！」

「不是我。而且，你自己想置身事外嗎？」

「你想說什麼？」

「在第二場比賽中，明夫和陽子之所以落敗，都是因為你用沉默對他們施壓。

要不是他們被扣那兩點，他們也不會死。」

「你這傢伙！」

龍次將陽子的遺體放回地上，霍然起身。啟太後退一步，保持距離。暴力行為的懲罰應該是腹痛，但在腹痛發生前，會有一段時間空檔，有可能在這段時間裡就被龍次殺了。

「我是在那場勝負中贏了明夫和陽子。」

龍次一面說，一面逼近。

「我也一樣啊。」

「不，你沒和他們一決勝負。你一直閃躲，把時間耗盡。」

「這也是一種作戰方式。」

「這種做法教人看不下去……」

眼看龍次就要撲過來了。眾人皆屏氣觀看龍次與啟太的對決。就在這時，有人衝到龍次面前，是大澤美雪。

「你冷靜一下！」美雪如此說道，打了龍次一巴掌。事出突然，連龍次也為之傻眼。

「你這時候要是做出暴力行為被炸死，那我該怎麼辦？」

「才不會突然被殺死呢。」

「這種事誰知道。藤堂同學，你之前不是多次違反規則嗎？要是下次再犯，搞不好會被判違規離場呢。」

經她這麼一說，就連龍次也不敢造次。

「求求你冷靜一點。你想對宮野同學報仇的話，請用別的方法。」

在美雪的勸說下，龍次思考片刻後，回了一句「知道了啦」，就轉身背對啟太。

「自己的愛人被殺了，竟然還能原諒對方，真是窩囊。」玲奈在一旁煽動。

「妳這招已經不管用了。」彩香開口道。

「妳看準的目標是龍次對吧？讓失去理性的龍次做出暴力行為，運氣好的話，他搞不好會因受罰而ＬＯＳＴ，妳是這麼想的吧？」和樹道。

「我才沒那麼壞心呢。我好像惹來大家的猜疑，感覺真不舒服。我們走吧。」

玲奈和不比等一同步出講義室外。

「我們也走吧。」啟太抓住彩香的手臂，步出房外。龍次的怒火並未就此平息，不知道他會在什麼情況下爆發開來，這時候還是先離開這裡比較安全。

7

離下次遊戲還有十多分鐘的時間，但啟太與彩香已先來到體育館這處集合地點。昨天有好幾名同學在這裡喪命，啟太實在不想再度踏進這種不祥之地。但現在不是沉浸在感傷中的時候，啟太也不知道自己何時會遭殺害。

體育館內的屍體和擂臺都已撤走，清理得相當乾淨。地上非但看不到血痕，甚至可說是乾淨得一塵不染。舞臺也整理過，上頭放置了一臺大型螢幕。

啟太之所以這麼早到這裡來，有其用意，就是為了避免被龍次襲擊。學生們不管在哪兒都會被監視，所以就算在走廊或廁所遇上龍次，也不必擔心會被他攻擊，但還是小心為上。這世界還是會有沒設想到的地方，有可能發生監視器故障、系統失靈，或是電腦出現BUG的情形。龍次的憤怒和力量都超出正常範圍，要是在沒設想到的情況下，被他那超出正常範圍的力量襲擊，後果不堪設想。所以啟太才會挑選一處更安全的場所。下一場遊戲可能就在這裡進行，既然這樣，應該會嚴密監視才對。萬一真的被龍次襲擊，只要是在體育館裡，還能跑給他追。啟太對自己的腳力頗有自信，只要爭取到時間，腹痛應該能鎮住龍次。

「明夫他們的選擇是對的。」啟太說。

「什麼選擇？」彩香問。

也難怪她會這麼問，因為今天一直在做選擇。

「我是指背叛龍次的事。如果只有兩個人能存活的話，比起和樹，龍次的威脅更大。翻牌遊戲是打倒他的最好機會。」

說這些都是事後諸葛，而且現在已經和這最棘手的男人結仇。明夫和陽子的死並非全是啟太的責任，翻牌遊戲那場比賽要是能多加安排，就不會有人犧牲了。想活命的心情要是化為恐懼感和鬥爭心，就會出現犧牲者。啟太不過是運氣不好，一直陪同犧牲者到最後。但這些道理對龍次說不通，他認定啟太就是奪走他小弟明夫和女友陽子性命的人。用耗時間的方式尋求平手，以此保命的方法，若要說它卑鄙的話，或許真的是一種卑鄙的手段。但這就是規則，啟太並沒有違規。當時啟太要是選牌的話，也許早就沒命了。

「你認為下一個遊戲會在這裡進行嗎？」彩香問。

「應該是。」

「是運動類的遊戲吧？」

一波甫平，一波又起，感覺愈陷愈深。

「我的性命猶如風中殘燭啊。」啟太自我挖苦道。

「別開玩笑好不好。」

難得彩香會動怒。

「你要是死了，身為你搭檔的我也會沒命耶。」

「說得也是。不過，就算再怎麼大聲叫嚷，該死的時候還是得死。現在有餘力開玩笑，或許反而是好現象。」

「我就是那種想大聲叫嚷的人。」彩香反駁道。

「不，不對，妳很冷靜。有妳當我的搭檔，我覺得壯膽不少。」

會說出這種恭維話可能是開始不相信自己了。她是很冷靜沒錯，但是說自己覺得壯膽不少，卻有點言過其實。

「聽你這麼說，我很高興。」彩香羞紅了臉。看來，啟太說的話她當真了。情感表達太過直接，反而教人不知所措。

「不過，不光是我們，所有存活下來的人都很冷靜。」

「是嗎？」

「我們被迫進行這種輸了就得死的遊戲，要是有人會因為這樣而感到恐慌，早就已經……」

本想說死這個字，但硬生生又吞回肚裡，因為死的都是自己的同學。

「只有我感覺比較遲鈍。」彩香說。

遲鈍或許也是一種力量。當片瀨沙織和大野洋死在教室裡時，有些敏感的人察覺出發生了什麼事，急著想離開現場，因而衝出教室。當時留在教室裡的人並非因為冷靜，而是對危險太過遲鈍，愣在原地。

在頭目說的時間前五分鐘，所有人都聚集在體育館。要是犯下因遲到而被判定LOST的疏忽，那肯定會後悔一輩子。不過話說回來，這種人的一輩子也許只剩數分鐘或數秒。龍次朝啟太投注銳利的目光，但他沒動手。多次對頭目表現出反抗態度，並做出違規行為的龍次，就算接下來會被判違規離場也不足為奇。離場等同是死亡宣告，他應該是明白這點，才會如此自律。

「如果是我的話，就會利用休息時間讓麻煩人物被判定LOST，可惜了。」

玲奈對態度低調、與龍次保持距離的啟太如此說道。啟太不予理會，但她不以為意，仍繼續說。

「這裡的監視做得很徹底。要是你在走廊一帶向他挑釁，挨他兩、三拳，他不是就爆了嗎？」

「要是一拳就打中我要害怎麼辦？」啟太問。

「這樣就一口氣有兩組ＬＯＳＴ了，求之不得呢。」玲奈神色自若地說道。

啟太板起臉，瞪視著玲奈。她面露微笑。這是她的作戰策略，激怒對方，讓人無法做出冷靜的判斷。

頭目出現在舞臺的大螢幕上，所有人都聚集在他前方。

「要告訴各位一個很遺憾的消息。」頭目道。

「該不會是要說，我們沒人可以活命吧？」和樹問。

「這點請放心。還是跟一開始我說的一樣，有兩人可以活命。」

「也就是說，有八個人得死嘍。」啟太加以確認道。

「講死多可怕啊。請用遊戲的感覺，稱呼它為ＬＯＳＴ。」

「還不是一樣。」羅伯特應道。

「算了。更重要的是，我得宣布一件很遺憾的消息。」

這次沒人打岔。

「我們原本打算之後要展開決賽，但比原先預定多出一組。」

「原本預計要在翻牌遊戲中淘汰兩組是嗎？」

和樹提問後，頭目回了一句「沒錯」。與其說他的謊言誰都看得穿，不如將「謊言」改成「演出」。他是想將這場無意義的互相殘殺，看作是虛擬世界吧？而安排這一切的人或許也和啟太他們一樣是活生生的人，雖然無法如此斷言，但總不會是外星人吧？只要是人，就會感到良心的譴責。俘虜這群年輕人，讓他們互相殘殺，以此當樂子，說這種話沒人會覺得心裡舒坦。所以才會想把這看作是遊戲，為此特地做出這樣的演出，搞不好玲奈這個神祕女子也是演出的一部分。

「有四組能打進決賽。現在必須有一組ＬＯＳＴ，所以我們要進行一場預賽。這場比賽和點數無關，輸的一組直接ＬＯＳＴ。」頭目說。

到底是什麼遊戲？

啟太屏息聆聽頭目說明。

「這是搶棒子遊戲，是以大風吹改良而成的。體育館的地板某處會出現四根棒子，請迅速握住它。一根棒子只能有一個人握住，當兩人同時握住棒子時，會以錄影畫面判定。如果判定仍是同時握住的，則比賽不算。當剩下的隊伍只剩兩組四人時，則會減為兩根棒子。這個遊戲無任何限制，直到只剩最後一組為止。到這邊有任何問題嗎？」

「沒有。」玲奈一派輕鬆地應道。

「不，我有問題。」龍次低聲道。

「什麼問題？」

「在遊戲中允許使用暴力嗎？」龍次問。

這個提問令啟太為之戰慄。龍次的目標是啟太，他打算為自己的小弟和女友復仇。希望頭目會回答說不行……

「當然允許。可以衝撞或妨礙對手，比賽時沒任何規則。不過在遊戲結束後，請馬上停止這種行為，若不停止……」

「會加以懲罰對吧？」龍次打斷頭目的話。

「遊戲結束會有信號嗎？」啟太問。

「開始和結束都會有警報聲。還有其他問題嗎？」

「如果在遊戲中有人死亡……不，如果有人ＬＯＳＴ，遊戲會怎麼進行？」

之前一直沒出聲的不比等提問。他想問的是，如果啟太在遊戲中被殺死，其他人是否能無條件晉級決賽。

「能打進決賽的有四組。不管是什麼情況，只要有一組淘汰，遊戲便立刻結束，剩下的人晉級決賽。還有其他問題嗎？」

接下來不再有人出聲。

「那麼，請進入體育館中央的白線框內，等候開始的信號。」

這十人陸續走向體育館中央。

「喂，你有什麼策略嗎？」彩香悄聲向啟太問。

「先下手為強。要是不早點勝出，有可能會被殺掉。」

「怎麼會這樣……」

「因為我要是被殺的話，妳也會LOST。」

「我當然不希望那樣……我們一起活下去吧。」

「一開始就要使出全力握住棒子。」

啟太說完後，彩香朝他頷首。但所有人應該都是同樣的想法，這個遊戲不是那麼輕易就能勝出。

體育館中央地板上，以白線畫出一個圓框，這條圓線就是起跑線。

九人走進圓框內，最後一人是啟太。走進後，遊戲就開始了。這意謂接下來將從井然有序的世界轉變成一個無法無天的世界。

「只有拚了。」

啟太重重吁了口氣，走進框內。

館內的照明消失，十人皆被黑暗包圍。

「搶棒子遊戲第一場，預備。」

傳來頭目的聲音，在燈光亮起的同時，開始的警報聲響起。

眾人皆環視館內，努力找尋棒子。在啟太前方約二十公尺處，有根長約一公尺的白色棒子從地板上冒出。

「就是它！」啟太飛快地衝出。只要握住它，彩香也握到棒子的話，就勝出了。還差五公尺，就在啟太即將撲向棒子的瞬間，後腦感到一陣劇痛。

「唔！」啟太發出一聲呻吟，往前撲倒在地。

發生什麼事了？他抬起臉，發現龍次站在他面前。一拳飛來，啟太就此倒臥地上，口中溢出血來。看來龍次認定報仇比勝負優先。第二拳朝啟太面門揮來，在這記重拳下，啟太的頭差點就此與身體分家。嘴巴、臉頰、眼睛、鼻子，臉上各個部位都感到劇痛。耳畔一陣耳鳴，像電流貫穿般又麻又痛的感覺遊走全身，啟太頓時間失去意識。

「你就是這樣懶散，所以才沒有女人緣。」

是今年就讀國二，個性驕縱的妹妹小圓的聲音。

「囉嗦。那些傻女人，我才沒興趣呢。」

啟太望著電視上的談話節目應道。節目一如平時，播放著類似的藝人醜聞。儘管如此，還是忍不住看了起來，說來還真是不可思議。

「你裝出一副草食男的樣子，但明明都在偷看色情網站。」

「妳偷碰我電腦是嗎！」啟太大叫道。

「不會吧，啟太，你用電腦做那種事啊？」

在廚房忙的母親惠子，端著沙拉走來。

這是啟太平時早上在家中時常見的光景。就像談話節目裡的藝人醜聞一樣，每天也都是類似的對話一再重複。

「那是小圓在胡說啦。」啟太反駁道。

「才不是呢，我真的看到過。」

「吵死了，妳閉嘴啦！」

雖然不是草食男，但啟太確實拿女人沒轍。原因就是他生在這樣的家庭環境，一個伶牙俐齒的妹妹，外加一個什麼都不當一回事的媽媽，還有向來只偏袒女生的爸爸陽一。

「要對妹妹溫柔一點。」陽一看著報紙提醒啟太。

「就說不是這樣子嘛！」

大人向來都相信比較堅持己見的人。其實就算認為他是在看色情網站也無所謂，事實上他也確實是看過。他真正不滿的是妹妹掀他的底。電視上的談話節目，話題從演藝八卦改為政治話題。藝人的醜聞和日本的國家預算擺在同一個水平討論，這就是日本的現狀。電視上播出總理小木榮太郎的影像，一位頂著旁分的稀疏頭髮，配上圓臉，看起來像好好先生的大叔。小木宣布要暫時延緩提高消費稅，對此，在野黨抨擊「這是為了選舉拉抬人氣」。理由姑且不論，對高中生來說，消費稅是個大問題。如果不提高消費稅，那再好不過了。

「咦，沒有煎蛋嗎？」

桌上沒有啟太最愛吃的煎蛋。

「抱歉，我忘了買蛋。」母親向他道歉。

「算了……。」

啟太正準備喝柳橙汁時，從某處傳來一陣警報聲。那是什麼聲音呢？

那是告知遊戲結束的警報聲，啟太醒了過來。剛剛那幕早上的光景，原來只是一場夢。

「下次再好好陪你玩。」

龍次說完後，從啟太身上離開。

「還有下次……」啟太意識朦朧地說道。

「你不要緊吧？」彩香馬上跑來。

「握住棒子的人是誰？」

儘管意識朦朧，啟太還是不忘詢問，喇叭傳來頭目的聲音。

「宣布成功搶到棒子的人。有牧田和樹同學、黑川羅伯特同學、大澤美雪同學、三崎玲奈同學這四位。沒有兩位搭檔都搶到棒子的隊伍，沒有隊伍勝出。」

啟太聽到廣播後，搖搖晃晃地站起身。

「你好像……受傷了。」彩香道。

「彩香，妳對自己的速度不是很有自信嗎？為什麼沒搶到棒子？」

「我運氣不好。就差那麼一點點，被黑川同學搶先一步。」彩香道。

「三崎玲奈也搶到棒子對吧。」
「她運動神經很好。」
「這個遊戲比的似乎是鬥志。」
「你說鬥志，指的是認真的程度嗎？」
「沒錯。大家都是卯足全力去搶棒子對吧。」
「這是當然的。難道會有什麼作戰策略嗎？」
「有。這個遊戲要是有一隊被淘汰就結束了。我們如果被判定LOST，一切就結束了。我原本還擔心玲奈會四處向大家遊說，但看來，大家都想堂堂正正地一決勝負。」
「你說讓我們兩人LOST的作戰策略是怎麼回事？」彩香戰戰兢兢地問道。
在第二場的翻牌遊戲中，啟太他們為了讓和樹和奈緒子LOST而結盟。當時的計畫以失敗收場，但這次如果結盟成功，啟太他們就會LOST。
「如果大家一起合作，都不去搶棒子，我就會被龍次殺害，到時候遊戲就會直接結束了。」
聽完啟太的說明，彩香思忖了片刻。
「我認為大家不會這麼做。」
「為什麼？」
「因為大家都疑神疑鬼。就算提出作戰策略，也沒人相信。」

「原來如此。如果他們跑去搶棒子，龍次對我施暴的時間就會減少。」

「有沒有我幫得上忙的地方？」彩香問。

「妳得努力握到棒子。遊戲早點結束的話，我被施暴的時間也會縮短。」

「我明白了，我會試試看。」

彩香與啟太交談時，喇叭傳來頭目的聲音，命眾人進入起跑線內。

剛才被龍次打傷的下巴隱隱作疼，但還不至於到無法動彈的地步。不過要是連挨數拳，別說無法行動了，甚至會有性命之危。啟太思索著有沒有可以獲救的方法，回到起跑線內。

館內的照明旋即消失，傳來頭目的聲音說道「搶棒子遊戲第二場，預備」。燈光亮起，同時響起開始的警報聲。

啟太往前踏出一步後，就此停住。沒有棒子。他轉頭一看，四根棒子全在後方。棒子的位置每次都會改變。當他轉身準備往前衝時，龍次擋在他面前。他急忙往後退步想要逃離，但龍次重重地一記快踢，踢中他腹部。啟太雙膝跪地，痛得無法呼吸，緊接著下個瞬間，一拳重重打中他面門。

「哎喲！」

啟太鼻血狂噴，當場倒地。但龍次還是不饒過他，他揪住啟太的頭髮，一把提了起來，對他的身體使出一記膝擊。胃液和血液就像逆流般上湧，他因疼痛而視線模糊。龍次仍不罷手，朝啟太身體展開膝擊。

我不行了……要是再踢下去，便會失去意識，到時候肯定會被判ＬＯＳＴ。我不想死在這種地方，我想活著回家。雖然是單調無趣的平常生活，但那樣的生活教人懷念。我想回去那裡，我還不想死……我得想辦法阻止龍次的攻擊。

「會爆炸喔。」

啟太在朦朧的意識下如此說道。

「什麼！」龍次就此停手。

「我肚子裡裝設了炸彈。或許會在你腳踢的衝擊下爆炸，到時候你的腳也會被炸飛。」

龍次瞪視著啟太，掄起拳頭。這時響起遊戲結束的警報聲。

得救了。

龍次應該是不會再踢了。不過，再這樣下去，早晚會被他殺了。難道沒有逃脫的辦法？啟太努力想要思考，但劇痛令他思考停滯。

「宣布成功搶到棒子的人。有牧田和樹同學、黑川羅伯特同學、酒井彩香同學、三崎玲奈同學這四位。沒有兩位搭檔都搶到棒子的隊伍，沒有隊伍勝出。」

傳來頭目的聲音。

「彩香握到棒子啦……」

啟太當場蹲下身。

「你也夠了吧。別再打了！」是彩香。啟太望向彩香，發現她正朝龍次叫罵。

「如果真要憎恨、埋怨的話，就去對安排這一切的那些人發洩啊。你現在做的事，根本就是欺負弱者。」

龍次置若罔聞。

「各位，你們也叫他住手吧！」

焦急的彩香請其他人幫忙，但沒人有回應。

「反對暴力。」玲奈像在開玩笑似的小小聲地說道。

「妳別攪局好不好。」彩香瞪了玲奈一眼。

「妳真的是笨蛋耶。」玲奈笑道。

「別說了，沒用的。」

啟太出言阻止彩香。

「為什麼沒用？」

「妳仔細想想。只要龍次和我互鬥，就會少了搶棒子的競爭對手。對大家來說，是再好不過的事。」

「這種事……不是真的吧？」

彩香望向其他人，但沒人與她目光交會。

「看吧。」

啟太說完後，彩香臉色一沉。

「請進入白線框內。」出現在大螢幕上的頭目說道。

這十人走進起跑線內，燈光旋即消失，接著傳來頭目的聲音：「搶棒子遊戲第三場，預備。」燈光再度亮起，同時警報聲響起。

啟太看也不看棒子在哪裡，直接就往前衝。比起獲勝，逃離龍次的攻擊更為優先。要是被殺了，一切都是白談。況且，相對於參加遊戲的五組十個人，棒子只有四根，所以一場能勝出的頂多只有兩組，也就是四個人。剩下的三組還要再比一場，只要彩香努力搶到棒子，光憑剩下的三根棒子，也只有一組可能勝出。雖然全身疼痛不堪，但好在雙腿完好。身後傳來逼近的腳步聲，龍次似乎打算一路折磨啟太。時間快點到啊。光跑步就覺得全身疼痛，再這樣下去，肯定會被追上。身後傳來龍次急促的喘息聲。再往前衝就要撞到牆壁了，啟太先假裝要右轉，然後突然左轉。但龍次早料到他這是假動作。龍次已來到啟太身旁。正當他以為又要挨拳頭時，響起遊戲結束的警報聲。

「宣布成功搶到棒子的人。有酒井彩香同學、三崎玲奈同學兩人，以及黑川羅伯特同學和上村結衣同學這組搭檔。他們兩人勝出，請離開體育館，在校內等候。」頭目說。

「太好了，我們可以活下來。」傳來結衣開心的聲音。

「直覺猜中了。」羅伯特對結衣說。

「他們兩人是怎麼做的？」啟太向彩香問。

「好像是在一開始警報聲響起的同時，不看棒子出現在哪裡，就直接衝出去。」

「不管三七二十一，直接往前衝，運氣好的話，棒子剛好就出現在面前是吧？」啟太道。

「應該是吧。」

羅伯特和結衣一起步出體育館。這麼一來，就剩下八人了。

「握到棒子後會怎樣？」啟太悄聲向彩香問道。

「雙手握住棒子後，棒子會亮起紅燈。就這樣。」彩香也悄聲回應。

「雙手握住亮燈後，就結束了對吧？」

「沒錯。你有什麼作戰計畫嗎？」

「正在想。」啟太這麼說，並不是在轉移話題。他沒那麼悠哉，他是真的很努力在思索，因為這攸關性命，他一定得想辦法。但每次他只要一被逼急，就會產生壓力，因而無法思考。這是遊戲，是比賽。他放鬆肩膀緊繃的力氣，思考如何擺脫這種最慘的情況。

在頭目的命令下，這八人走進起跑線內。

「接下來棒數一樣是四根嗎？」和樹問。

兩人勝出後，參加者減為八人，所以他想確認規則。

「棒數一樣是四根。只有在只剩兩組的情況下，才會只有兩根。」頭目回答。

接下來這一場，龍次還是會對啟太施暴。事實上，是六人搶四根棒子。如果彩香或美雪沒搶到棒子，和樹和奈緒子、不比等和玲奈這四人將會勝出。一次少了兩組，到時候將會是啟太與龍次這兩組的對決。這情況對負傷的啟太不利，真那樣的話，啟太他們將會落敗。下一場比賽，一定要想辦法讓彩香搶到棒子，避免一次兩組勝出。

「妳一定要搶到棒子。否則我們都會輸。」

熄燈後，傳來頭目的聲音說道：「搶棒子遊戲第四場，預備。」

黑暗中，啟太轉變方向。接著燈光亮起，開始的警報聲響起。

「唔！」

頭部感到一陣幾欲腦震盪的劇痛，是又重又猛的一拳。啟太不敢相信自己竟然沒昏厥。也許是從昨天開始接連互相殘殺，身體已習慣痛楚。一旦停下腳步，就不可能跑得掉了。龍次不光會打架，跑步速度也快。就算現在往前衝，也會馬上被他追上。如果這樣，就只有當沙包的分了。得爭取時間。

「喝！」啟太大喝一聲，緊緊抱住龍次。在拳擊裡，這稱作扭抱。龍次本想朝啟太腹部使出膝擊，但啟太對他說道「你想和我一起死嗎」。

「什麼？」龍次就此停止動作。

「想和我肚子裡的炸彈一起爆炸嗎！」

龍次為之躊躇。遊戲結束的警報聲響起，啟太從龍次身上移開，當場癱坐在地上。他竭盡所能的威嚇奏效了，像剛才那種情況，就算挨個兩、三拳也不足為奇。不過，下次就不見得能和這次一樣成功。而且啟太已經快撐不住了，他想早點結束這一切。

「宣布成功搶到棒子的人。有酒井彩香同學、牧田和樹同學，以及溝口不比等同學和三崎玲奈同學這隊。他們兩人勝出，請離開體育館，在校內等候。」

「這麼一來，就要和啟太告別了。」不比等如此說道，離開體育館。

「真教人同情。」玲奈朝啟太合掌一拜，就此離去。

下一場比賽剩三組，六人搶四根棒子。倘若有兩組四人搶到棒子，剩下的一組便會LOST。下一場比賽一定要想辦法獲勝。

啟太搖搖晃晃，一陣踉蹌，就此跌出白線框外。

「你怎麼了？」彩香馬上跑了過來。

「我被龍次揍，覺得一陣暈眩。」說完後，啟太對彩香咬耳朵道「這是作戰計畫」。彩香聽得瞪大眼睛。

「妳和美雪比的話，有把握贏過她嗎？」

「有。我在爬樓梯比賽中贏過她，一般賽跑也贏得了。」彩香很肯定地說道。

「這項作戰全看妳的了。」說完後，啟太開始道出計畫。

「等遊戲開始後，我會阻擋美雪。接著龍次應該會向我展開攻擊，所以到時候是我們三個人擠在一起。妳這時乘機衝向附近的棒子。到時候會空出三根棒子，和樹和奈緒子會輕鬆搶到棒子。這時還剩一根，然後……」

啟太在彩香耳畔低語。

「這真的有可能成功嗎？」彩香反問。

「只有放手一試了。一次沒能成功，就沒有下次。」

「我明白了，我會試試看。」

啟太和彩香走進起跑線內，和樹和奈緒子、龍次和美雪早已走進圓框內。

熄燈後，傳來頭目的聲音道「搶棒子遊戲第五場，預備」。燈光亮起，同時響起開始的警報聲，賭上命運的遊戲就此展開。

啟太馬上一把抓住美雪的手臂。

「你幹什麼！」美雪使勁掙扎，但啟太就是不鬆手。

「卑鄙的傢伙。」龍次動手毆打啟太，但啟太還是不鬆手。要是讓美雪跑了，這項作戰就失敗了。啟太一面挨揍，一面確認棒子的位置。和樹握住的棒子亮起紅燈。同樣的，奈緒子握住的棒子也亮起紅燈。剩下彩香。她朝棒子伸出手，但還沒亮燈。彩香在啟太右斜前方的位置，與他相距約二十公尺。左斜前方約三十公尺處，有一根還沒人碰過的棒子。

「我來了！」啟太大叫一聲，鬆開美雪的手臂，朝彩香衝去。

「別想逃。」龍次朝啟太追去。

他上當了。

啟太在即將被龍次抓到時，使出前撲滑壘，撲向彩香假裝已握住的棒子。棒子馬上亮起紅燈，這時彩香朝剩下的那根棒子飛奔而去。

「糟了！美雪，剩下的那根棒子交給妳了。」龍次大叫道。

「咦！」美雪這才明白眼前的狀況。

彩香全力疾奔，美雪也朝棒子衝去。兩人與棒子的距離幾乎相同。她們都賭上自己的驕傲和性命，全力拚搏。

「哇——」

彩香發出一聲怪叫，朝棒子飛撲而去。美雪也卯足了勁伸長手臂。彩香搶先握住棒子，遊戲結束的警報聲響起。

「她違規。」美雪馬上高聲大叫。

「妳對判定有什麼不滿嗎？」頭目問。

「彩香已先握過其他棒子了。後來又鬆手，改握這根棒子。一個人握過兩根棒子，這樣違規吧？」美雪抗議道。

「很遺憾，我們無法這樣認定。」

「為什麼？這樣太奇怪了吧？」

再這樣下去，美雪和龍次將會被判定LOST。這關係著生死，所以美雪拚了命爭取。

「大澤同學指出的問題，我方已確認過。酒井同學一開始伸手衝向的棒子，並未被她碰觸，辨識是否握過的紅燈也沒亮燈。」頭目說。

「怎麼可能有這種事。為什麼……為什麼會這樣？」美雪哭訴道。

「宣布成功搶到棒子的人。有牧田和樹同學和市川奈緒子同學這隊，以及宮野啟太同學和酒井彩香同學這隊。這四人勝出，請離開體育館，在校內等候。落敗者是藤堂龍次同學和大澤美雪同學這組。」頭目制式化地說道。

「我不要。一定有哪裡弄錯了。求求你，再讓我試一次。」

美雪提出要求，但當然不可能被接受。

「都是龍次你害的。說什麼要替明夫和陽子報仇，這根本就不重要。比起報仇，你應該更專注在比賽中才對。」

「我竟然會輸……」龍次如此說道，為之愕然。

「我們該怎麼辦才好……」美雪整個淚崩。運動樣樣行的龍次與田徑隊的美雪如果採一般的比賽方式，應該會最早勝出才對。龍次就是自信隨時都能獲勝，過於大意，才會要了自己的命。

「最好先離開這裡。」啟太如此說道，和彩香一起步出體育館。和樹和奈緒子早已來到走廊，走在他們前方。

「美雪，對不起……」彩香如此說道，停下腳步。

「不能回頭，繼續往前走吧。」

啟太話才剛說完，後方便傳來爆炸聲。又有同學喪命了。

「喂，這是怎麼回事？」

走在前方的和樹大叫道。

「怎麼了？」

啟太望向前方，發現之前先勝出的黑川羅伯特、上村結衣、溝口不比等、三崎玲奈這四人倒臥地上。

「贏了不是可以活命嗎……」啟太如此說道，他身旁的和樹、奈緒子、彩香紛紛倒地。

「怎麼了？」說完後，啟太眼前化為一片白茫。

第3章

最終日

1

啪啪啪啪……

又是被這震動所吵醒，是裝設在制服上的平板電腦。宮野啟太緩緩站起身，這次又是躺在地板上。他環視四周，教室裡只有他一人。其他人怎麼了？平時向來都會賴床的啟太，現在可能是因為置身在險峻的狀況下，睡著前的記憶馬上都重新浮現腦海。他在體育館進行槍棒子遊戲，最後獲勝了。接著走在走廊上，突然昏厥。他想起頭目先前的說明，比完搶棒子遊戲後，會進行決賽。接下來可能會進行遊戲。

「這次他想要我們做什麼？」

啟太喃喃自語。之前被龍次施暴，全身仍隱隱作痛，但現在可沒時間抱怨。龍次丟了性命，相較之下，這麼點小傷，再痛都得忍著。

「各位早安。」設置在牆上的大型螢幕映出頭目的身影。

「最後的遊戲即將到來。最後要進行個人戰的動作遊戲。只有獲勝的一名男生和一名女生，合計兩人可以存活。輸的人全部都會ＬＯＳＴ。」

動作遊戲是吧……啟太感覺到左肩一陣沉重的壓力。

「該不會是……」

西裝制服底下，有一把槍收在槍套裡。取出來一看，是一把槍口特別大的怪槍。雖然他只在連續劇和電影裡看過手槍，但這似乎不是普通的槍。

「我來為各位說明遊戲設定吧。這所學校被恐怖分子占領，警方對恐怖分子裝設的炸彈有所提防，無法前往救助。你們只能靠自己的力量逃脫。想要逃離這裡，就得啟動位於地下室的電梯。它需要電池，裝設在你們胸前的平板電腦可以充當電池，但現在只有三點，電力不足。得達到十點，電梯才能運作。忘了說，最終戰時，點數會重新設定，所有人的點數都是三點。」

啟太確認平板電腦上的螢幕。之前的心型記號消失，改為三個並列的■符號，一個■代表一點。

「電池的充電方法有兩種。一是找出位於校內的電池記號，將平板電腦與之重疊。這麼一來，點數就會增加一或兩點。」

大螢幕上播放著簡單的動畫。

持有平板電腦的少年在教室內四處找尋，最後發現講臺的電池記號（🔋）。

「啊，是電池記號。」一旁冒出對話框。

少年將平板電腦與該記號重疊。平板電腦螢幕上的■記號，從三個變成四個。

「好，充好電了。」冒出對話框。

「一個電池記號能充電的次數，一人只有一次。」上頭如此顯示。

大螢幕上再次出現頭目的身影。

「還有一個充電方法，是電擊槍。各位都備有一把收在槍套裡的電擊槍。」

啟太視線落向手中的槍，原來這是電擊槍。

「如果以各位手中的電擊槍射中自己以外的其他玩家，便可以從對方那裡奪走一點。此外，如果對手是原本的搭檔，則可奪走三點。當原本的搭檔持有的點數不足三點時，則可奪走其所有點數。點數若減為零，便ＬＯＳＴ。對同一名對手，只能奪一次點數。」

啟太試著拿起他的電擊槍。

「這把電擊槍是以美國所用的連發型探針款改良而成。裡頭裝有十發探針，電壓約五十萬伏特，算是相當高，但已將電流調低，所以沒有殺傷力。不過，會有數分鐘的時間麻痺無法動彈。」

要是被擊中無法動彈，便會成為所有人下手的目標。

「在此另外再告知一件事。學校的走廊上，會有恐怖分子的士兵在巡邏。一旦被他們逮到，便馬上ＬＯＳＴ，與點數多少無關。士兵不會進入室內，而且一旦離開他們的視線之外，他們就不會再追捕。行動敏捷的各位，或許不必擔心這點。」

「有幾名士兵？」啟太問。

「剛才宮野啟太同學提問。有兩名士兵。遊戲時間是三小時，平板電腦的螢幕上會顯示點數和經過的時間。請存滿十點，從地下室的電梯逃離。在此祈禱各位平安。那麼，遊戲就此開始。」

校內響起上課鐘響。啟太再度確認電腦上的螢幕。在三個■記號底下顯示遊戲時間00:00:01。

昨日的朋友，成了今日的敵人是吧……

照頭目的說法，啟太如果以電擊槍射擊彩香，就能增加三點，如果是射其他人，則是增加一點。反過來說，要是他被射中，點數就會減少。發現電池記號進行充電，可增加一或兩點。想要活命的話，以電擊槍射擊彩香也是個辦法，但要是她只有三點，她便會ＬＯＳＴ。這樣等同是殺了彩香。這種事他辦得到嗎？可是，或許非這麼做不可。為了活命，得狠下心來。雖然心知肚明，但要是她真的出現在自己面前，他真能狠下心開槍射擊嗎？

啟太苦思良久，待心情平靜下來後，便展開行動。他得先調查這個房間位在何處。他打開門，朝走廊探頭，望向教室的班牌。是一年A班。這所學校一年級的教室在二樓，二年級在三樓，三年級在四樓，A班到D班都位於校舍的同樣位置。A班位於西側，所以這裡是二樓西側。啟太關上門。他想先確認幾件事。所謂的士兵，是怎樣的人？如果遇上的話，用跑的可以甩開他們嗎？有辦法戰勝他們嗎？他們有沒有武器？雖然想親眼確認，但要是輕舉妄動而被捕，一切就全完了。他還在意另一件事。

頭目說地下有個逃脫用的電梯，但這所學校沒有電梯，應該是為了遊戲而建造，有必要先知道它的位置……差不多該離開這裡了。要是太過謹慎而慢了一步行動，時間會不夠用。

啟太單手握著電擊槍，小心翼翼地打開門。確認外頭沒人後，他來到走廊。雖然很擔心士兵會出現，但只要一出現就躲進附近的教室就行了。他躡腳而行，走下左邊的西側樓梯。

好安靜……

抵達一樓後，他環視四周，發現正面玄關處有穿著迷彩服的人，那就是士兵。幸好對方背對著啟太，沒被他發現。啟太前往地下。這所學校有位於西側的這座樓梯，以及位於正面玄關前的東側樓梯。東側樓梯只有一到四樓，能通往地下的，就只有這裡。來到地下後，眼前出現一扇門。前方是常用來練習話劇的一處寬敞空間，要是設置了電梯，就只有這裡有可能。他單手握著電擊槍，另一隻手打開門。走進裡頭，發現前方有個人影。啟太馬上以槍口對準對方。

「太好了，是宮野同學。」

站在他面前的是市川奈緒子。她沒拿電擊槍，直接向啟太跑來。啟太將槍口朝下。奈緒子到底在想什麼？她是啟太暗戀的女生，一直是那麼高不可攀。但自從被關在這裡，被迫進行那些遊戲後，啟太愈來愈不明白她到底是怎樣的人。過去他只是被奈緒子外表的美貌所吸引，但奈緒子或許不是啟太想像中那種楚楚可憐的美少女。

「妳沒帶電擊槍會有危險。」

面對啟太的忠告，奈緒子一副事不關己的表情。

「不會有事的。頭目不是說過嗎？士兵不會進房間的。」

「不，我指的不是這個。」

她對啟太毫無戒心，未免太大意了。

「市川同學，妳也是來看電梯的嗎？」啟太問。

「不，我是在這裡醒來的。」

原來如此。她應該不可能獨自走過有士兵看守的走廊，比啟太早一步來到這裡。

「妳聽過規則了吧？」

「你是指平板電腦的點數只要達到十點，就能啟動電梯逃離這裡的事吧？」

「妳知道增加點數的方法吧。」

「要找尋位於建築裡的電池記號。」

「還有，用電擊槍射擊對方，便可取得點數。如果我開槍射妳，就能取得妳的點數。」

「你要開槍射我？」奈緒子問。

「我不會這麼做……不過，妳得小心提防才行。大家為了活下去，都很拚命呢。像在之前的『神鬼戰士』、『翻牌遊戲』、『搶棒子遊戲』中，為了自己能夠活命，甚至不惜欺騙或陷害朋友。市川同學，妳也全程目睹不是嗎？」

「我已經決定要和你一起活下去，我之前不是跟你說過了嗎？」

「這……」啟太一時為之語塞。

「我希望你能一直陪在我身邊……」奈緒子滿臉羞紅地說道。

高中男生向來都很自命不凡，啟太也不例外。先前懷疑她的念頭已飛到九霄雲外。聽奈緒子這樣的美人說一句「我希望你能陪在我身邊」，任誰也會神魂顛倒。這是愛的告白，但又不是清楚地表明「我愛你」。啟太想問清楚這句話的含意，但同時又想保持這樣的模糊關係。現在的他正投入這以命相搏的遊戲中，要是失戀的話，恐怕會失去戰意，到時候就無法活著離開這裡了。

「被困在這裡的那天晚上，妳也說過這樣的話呢。」

啟太特地擺出很平常心的樣子，如此回答道。

「我是說過……」說完後，奈緒子停頓了一會兒。

「我很害怕。害怕得不知如何是好，所以我希望宮野同學能保護我。」

奈緒子緊緊握住啟太的手臂。如果是大人，應該會緊緊摟住她，對她說一句「一切包在我身上」。但身為高中生的啟太，還不曾和女生交往過，所以他採取和自己本能相反的行動。他溫柔地移開奈緒子的手。

「我們一起想辦法離開這裡吧。」

「說得也是……我說了很丟臉的話……抱歉。」

奈緒子難為情地說道。

「妳用不著道歉。」啟太如此說道，心跳得又快又急。他在室內來回踱步，以掩飾他的尷尬。這處約有兩間教室大的空間，角落裡有一扇電梯門。這扇門比想像中還要牢固，這不是掩人耳目的道具，門後似乎真的有一座電梯。門旁設有一個和平板電腦螢幕很相似的螢幕。

「這是什麼？」

啟太試著將平板電腦的螢幕與門旁的螢幕重疊。

「電池點數不足。」螢幕上出現顯示文字。

「似乎是電梯的啟動鈕。如果存夠十點，將平板電腦拿到這裡與它重疊，門應該就會開啟，啟動電梯。」

「宮野同學，你很擅長玩遊戲嗎？」

「我姑且也算是位玩家，所以自認比普通人厲害一些，不過像這種……」啟太語尾說得含糊。如果是電腦類的遊戲，不論什麼領域他都很拿手，但像這種親自行動展開的遊戲，他幾乎沒體驗過。而且這雖然稱作遊戲，但根本就是互相殘殺。需要的不光是頭腦和體力，還要有顆冷酷的心。

設在牆上的大型螢幕突然映照出學校走廊的畫面。

「這是什麼？」

啟太與奈緒子將視線望向前方，上頭映照出倒臥在走廊上的上村結衣。結衣想站起身，但身體麻痺，無法動彈。

「她被人擊中了。」

啟太望著大螢幕低語道。

結衣的影像放大後，看得出她的表情因恐懼而緊繃。

「不要，別過來……不要、不要、不要啊！」

結衣的叫聲透過喇叭傳來。一名身穿迷彩服的男子來到她面前，是頭目所說的士兵。

「住手，我求求你！」

士兵將哭喊的結衣逮捕，帶離現場。

「不要、不要、不要……」結衣的聲音逐漸遠去。

大螢幕上出現頭目的影像。

「上村結衣同學ＬＯＳＴ。為了讓各位能享受這場遊戲，隨時都會即時轉播走廊等處的影像。」

「剛才那就是士兵嗎……」奈緒子以顫抖的聲音詢問。

「上村同學應該是遭某人用電擊槍射擊後才無法動彈，然後被士兵逮捕的。」

這是遊戲的規則，所以無法責怪以電擊槍攻擊她的人。儘管如此，在走廊上開槍攻擊，未免過於心狠手辣。

「真可怕。」

奈緒子顫抖著說道。

「我們也該離開這裡了。要是沒湊齊點數，我們也會是同樣的下場。」

奈緒子微微頷首。啟太手持電擊槍，和她一起走出地下室。

2

走上樓的啟太和奈緒子，來到一樓走廊。筆直延伸的走廊不見士兵的蹤影。士兵不會走進房間內，所以不會埋伏在兩旁。往左走有一條走廊，通往體育館和柔道道場。往右走有校長室、生涯規劃諮詢室、辦公室等，走廊的盡頭是正面玄關。從前方往右轉，則有餐廳、書法教室、美術教室等。

「要往哪兒走？」奈緒子問。

「往右走吧。」

啟太打開樓梯斜前方的校長室大門。就算沒有士兵在，也可能躲藏了同學。雖然不希望被電擊槍擊中而失去點數，但要是像結衣那樣在走廊上被擊中，那會是最糟的情況。啟太對電擊槍還不熟悉，不過要是被擊中，應該會有五分鐘的時間無法動彈吧。校長室裡空無一人，感覺沒人躲在裡頭。

啟太和奈緒子一起走進校長室，找尋🔋的電池記號。希望能快點找到第一個。只要先找到一個，就能成為接下來找尋記號的提示。舉例如來，如果像是在沙發底下或書架內這種很難找到的位置，與其辛苦找尋記號增加點數，不如以電擊槍射擊玩家還比較容易。以啟太的情況來說，射擊彩香取得三點，射擊和樹、不比等、羅伯特、玲奈，各得一點，再加上自己原有的三點，合計就有十點了。但這並不容易。

由於時間有限，不能光在校長室裡找尋。辦公桌上、抽屜裡、書架這些地方，他大致看過一遍。

「這裡好像沒有，我們到下個房間去吧。」

啟太和奈緒子一起來到走廊，一面小心四周的動靜，一面朝對面的生涯規劃諮詢室前進。這時看到迷彩服出現在走廊前方。

「是士兵！」奈緒子叫道，返回校長室。

啟太想進入生涯規劃諮詢室，但大門深鎖。難道是裡頭有人？他想折返，但士兵以飛快的速度直奔而來。此人身高一百八十多公分，以田徑選手般的速度飛奔，簡直就像魔鬼終結者。看來會在返回校長室前被逮捕。只有逃跑一途了。啟太衝上生涯規劃諮詢室旁的西側樓梯。士兵緊追在後。那股氣勢教人腿軟，但啟太咬緊牙關，全力疾馳。來到二樓走廊的啟太，衝進一年A班教室，在千鈞一髮之際逃過一劫。他跑步的距離雖然只有一層樓梯，但跑得上氣不接下氣，全身發顫。他被士兵的氣勢所震懾，心臟跳得好急。

他是什麼人？雖然無法清楚看見面容，但似乎是日本人。而且他如此魁梧的體格，竟然還有這般敏捷的動作，當真是不折不扣的「士兵」。他好像沒帶武器，但不是可以戰勝的對手。或許電擊槍對他管用，但要是被他躲開就完了。一旦被士兵發現，逃跑才是上策。

奈緒子平安無事嗎？

他想到一樓去找奈緒子，但現在返回很危險。等了三分鐘後，他打開門，望向走廊。沒看到士兵。生涯規劃諮詢室裡似乎有人，得小心留神。啟太走出A班教室，進入隔壁的B班。他在教室內四處尋找，都沒發現電池記號。接著到C班、D班的教室找尋，同樣一無所獲。走進二樓的會議室後，設在牆上的大型螢幕映照出影像。

這次又怎麼了？

是走廊監視器拍到的影像。三崎玲奈手持電擊槍而立，打算朝某人開槍。影像中拍到「二年D班」的教室班牌，是三樓的走廊。

啟太靜靜注視著螢幕。

從二年D班教室走出一名女生，是酒井彩香，她就是玲奈鎖定的目標。啟太忍不住脫口大叫一聲「危險」。

砰！

玲奈手中的電擊槍擊發，高電壓的探針命中彩香肩膀。

「啊……」

彩香聲音發顫，當場倒地。玲奈面露冷笑，站起身。

糟了！要是這樣放任不管，彩香會被士兵抓走，就此被判定ＬＯＳＴ。啟太還沒來得及思考，已先採取行動。如果冷靜思考後便會發現，他沒道義出面救彩香。她只是之前的遊戲搭檔，雖然是同學，但既不是他的女友，也不是他的好友，就只是普通的同學。沒必要冒著危險前去救她。不，說起來，他有這個道義。不論是在「神鬼戰士」還是在「搶棒子」的遊戲中，啟太都受過她的救助。如果搭檔不是彩香，啟太絕不能活命。不過，他沒想這麼多，身體自己採取行動，前往搭救彩香。啟太毫不遲疑地奪門而出，或許太過大意。走廊要是有人，他已經中槍了。要是有士兵在，肯定會被逮捕。但幸好沒人在場。啟太全速衝上東側樓梯。再不快點前往搭救，等士兵到來，彩香就沒命了。他抵達三樓後左轉，朝二年D班的教室疾奔。彩香就倒臥在走廊上。身上似乎留有餘電，她全身不住顫抖。士兵正從另一側走來。

「我來救妳了！」

啟太大聲喊出這句不像他會說的話。彩香似乎連說話都沒辦法。啟太扶起倒地的她，剎那間，電力也傳向啟太身上，微感麻痺。士兵朝兩人衝了過來。啟太強忍電力的麻痺感，抱起彩香。這就是火災時的蠻力嗎？衝進教室後，啟太就此倒地。彩香也因為遭受電擊而無法動彈。現在要是有人展開襲擊，可以輕鬆地以電擊槍擊中他們。但沒人走進教室裡。啟太解救彩香時，大螢幕應該會播出這段畫面。所有人都知道他們兩人在這裡，要是這時候遇襲就糟了。

「得提高警覺才行……」

啟太掏出收在槍套裡的電擊槍，持槍對準入口。一旁的彩香仍全身顫抖。

最後啟太只是空擔心一場。沒人前來，眾人見啟太解救彩香時展現的氣勢，似乎顯得躊躇不前。

「你為什麼救我？」

電力麻痺消除後，彩香開口問道。

「我也不知道。」

啟太說的是真心話。他還沒細想，身體已自己採取行動。

「你不對我開槍？」

面對彩香的質問，啟太皺起眉頭。

「妳認為我是為了搶點數才來救妳是嗎？」

「不……」

也難怪她會擔心。遭玲奈射中的彩香，點數只剩兩點。要是啟太朝她開槍，她僅剩的兩點將會被奪走，就此ＬＯＳＴ。

「你不是說，為了活命，要變得冷酷無情嗎？」彩香語帶諷刺地說道。

「沒錯，我確實這樣說過。這麼說來，妳希望我開槍射妳是嗎？」

「也不是這個意思……」彩香顯得欲言又止。

「妳剛才應該也有機會才對。」

「這話是什麼意思？」

「我剛才持槍對準門口時，妳不是可以從背後朝我開槍嗎？」

「這種事我怎麼可能做得出來。」

「我也一樣。我想在遊戲中獲勝，好好活下去，但我沒辦法下手殺了妳。這樣或許很矛盾，但我想盡量在不傷人的情況下活下去。」

「這有可能辦到嗎？」

「只要找出電池記號充電不就行了嗎？」

「我看你的點數還沒增加呢。」

彩香望著啟太的平板電腦螢幕，如此說道。

「別對自己的救命恩人說這種沒禮貌的話。」

「我們也該分道揚鑣了。繼續待在一起，只會感情用事。」

彩香刻意逞強道，準備就此站起身，但旋即叫了一聲「好痛」，跌倒在地。

「怎麼了？」

「我的腳……好痛。」彩香皺起眉頭。

啟太望向她的腳，發現她右腳小腿腫脹。

「好像是倒地時扭傷了腳。」

「能動嗎？」

「我沒事。」彩香如此說道，臉上汗珠直冒。

「妳明明就覺得痛。」

「這沒什麼。我們就此道別吧……你先出去，我待會兒再走。」

彩香竭盡所能地說出這句謊言。

「女人好像很擅長說謊，但妳卻完全不行。」

「什、什麼嘛……」

「妳應該是痛得走不動吧。妳傷得很重，可能是扭傷或骨折。」

啟太說完後，彩香把臉轉向一旁。

「這下可傷腦筋了。以妳這個樣子，要集滿十點很難呢。」

「別管我，你自己去吧。」

「好，那我就恭敬不如從命……妳以為這種話我說得出口嗎？」

「可是，再這樣下去，我們將會同歸於盡。」

「我知道。就是因為知道，所以才要想辦法。」

兩人之間籠罩著凝重的沉默。啟太做了個深呼吸。要冷靜。保持冷靜的話，應該就能找出解決的辦法。啟太確認平板電腦上顯示的時間，遊戲開始至今已過了四十五分鐘。腳受傷的彩香要在校內四處奔跑，找尋電池記號增加點數，是不可能的事。要以電擊槍射擊別人，以此增加點數，更是難上加難。既然這樣，就只能留她在這兒了。

「你開槍射我。」彩香道。

「妳要我做這種事？」

「不管怎麼看，我都不可能獲勝。既然要待在這裡等時間結束，那我寧可為救過我的你出一份力。只要朝我開槍，就能取得我持有的兩點。」

「我怎麼可能做這種事！」啟太喝斥道。

「你也想活下去吧？既然這樣，就要狠下心來，對我開槍。」

「妳可別把我看扁了。妳的兩點我才一點也不稀罕呢。像這種遊戲，根本就難不倒我。」

「你不要逞強。你不是連一點都沒得到嗎？」

「好，我明白了。妳在這裡等著。看我去蒐集十點回來給妳看，之後我再背著妳四處找尋有電池記號的教室，然後我們兩人一起離開這裡。」

當真是禍從口出啊。逞一時之勇說了這番話後，啟太深感後悔。如果是這種情況，就算拋下彩香，與奈緒子一起離開這裡，應該也沒人會責怪他。但為什麼偏偏要講那種話呢。啟太心想，如果這時彩香出言反駁，或許還有機會收回剛才說的話，但她緊按受傷的右腳，狀甚痛苦。

「總之，我們先移往可以躲藏的地方吧。有沒有什麼適合的地方？」

「如果是這一層，學生會辦公室很適合，那裡可以從裡頭反鎖。」

「我知道了。在那之前，我先去確認一下。」

啟太來到走廊上，衝向中間隔了兩間教室的學生會辦公室。裡頭沒人。回到D組教室後，他扶著彩香再次來到走廊上，一路走向學生會辦公室。啟太一邊走，一邊在心裡祈禱士兵和同學別在這個時候出現。

啟太和彩香走進學生會辦公室後，迅速把門鎖上。這麼一來就安全了，應該沒人會破壞牆壁和房門闖入這裡。

「關於剛才說的話……」彩香開口道。

「什麼啦？」

「就算你沒回來，我也不會怨你。」

哦，這樣啊。如果能這樣回答，一定就能長命百歲。但以啟太的個性，這種話就是說不出口。

「妳用不著擔心，我會回來的。」

「你不必勉強自己。不過，要是你能活著，我想拜託你一件事。」

「我自己也不確定能否活命呢。」

「拜託你。」彩香雙眼直視著啟太。

「姑且就先聽聽看妳怎麼說吧。」

「我希望向我爸媽傳話。」

「別這樣。」啟太皺起眉頭。

「你就代我告訴他們……我雖然不會念書，但我原本打算今後要用功讀書，好繼承爸爸的衣缽。」

「妳爸爸從事什麼工作？」啟太問。

「他是醫生，是一家小診所的開業醫生。雖然不是書籍或電視會特別介紹的大牌名醫，但深受患者信賴，是位為人誠懇的醫生。在我眼中他就像英雄一樣，成為像爸爸那樣的醫生是我的夢想。」

「妳在開玩笑吧？以妳的頭腦，不可能上得了醫學院吧？」

「所以我打算努力K書重考啊。」

「當運動選手比較適合妳吧？像是足球選手或格鬥技選手……」

終於說出真心話了。

「啟太，你真有趣。」

彩香莞爾一笑，那是令人胸口為之一痛的燦爛笑顏。也許就快死了，竟然還能露出這樣的笑臉。

「啟太將來想當什麼？」

「我沒想過這個問題。我爸爸是建築師，好像也設計過有名的建築，不過我不感興趣……」

「你沒看過你爸設計的建築？」

「就說了嘛，我不感興趣。」

啟太冷冷地應道，但他很後悔。要是就這樣命喪此地，當初真應該看看爸爸設計的建築是什麼模樣。雖然不像彩香那麼誇張，但啟太也很愛自己的爸爸。

「那麼，我要再追加一個願望。」彩香道。

「這次又是什麼？」
「如果啟太能活下來的話，要去看你爸爸設計的建築。」
「咦？」啟太如此應道，但心裡莫名感到一陣歡喜。
「就這麼說定嘍。」彩香笑著說道。
不行。再這樣和彩香聊下去，會愛上她的。
「我要走了。」
啟太刻意擺出不悅之色應道，準備就此步出學生會辦公室。
「謝謝你。」彩香道。
「我會再回來的。」
確認過走廊上沒人後，啟太步出教室。

3

從東側樓梯走上四樓後，他小跑步來到圖書室前。在他們被關進這裡的第一個晚上，他本來想進圖書室，但大門上了鎖，不過這次卻是開著的。圖書室內還是一樣寂靜。
他感覺有人。
啟太猛然轉頭時，突然一陣電流的強力衝擊傳遍全身。

「啊……」
他全身麻痺，就此倒地。原來他被電擊槍擊中了。
糟了……
恐懼遠勝疼痛之上。射擊他的人是誰？他轉移視線，發現羅伯特手持電擊槍從書架後方走出。
「獵物上鉤了。」
啟太望向羅伯特胸前的螢幕。有八個■記號。這麼短的時間是如何蒐集到這麼多點數？唯一想得到的可能，就是他射擊自己原本的搭檔。
「你對上村同學……開槍對吧？」啟太以顫抖的聲音說道。
「你為什麼不對彩香開槍？」
「你看到了？」
雖然身體麻痺，但還能說話。
「因為全在大螢幕上播出了。好驚人的氣勢啊。本以為你之後會朝彩香開槍呢。不過，看來不是這樣。」
羅伯特低頭望著倒地的啟太，露出傲慢的笑意。
「雖然對你有點不好意思，不過還是讓你ＬＯＳＴ吧。」
「……什……麼？」
「我把你帶到走廊上，這樣士兵就會帶你到那個世界去。」

他光是奪走點數還不滿足，還打算讓啟太LOST。得想想辦法才行……啟太想移動身子，但全身麻痺，無法自由行動。要是被他搬往走廊就完了。在那之前，得想個辦法……就算再怎麼努力想動，也只有手指微微能動。啟太右手握著電擊槍，所以還有辦法扣引扳機，但羅伯特得站在槍口前才能命中他。有沒有什麼辦法可行？啟太想起之前他解救彩香時發生的事。當他碰觸到彩香的身體時，一股電力傳向全身。如果是這樣，現在碰觸羅伯特的話，他應該也會觸電。啟太伸出麻痺的左手，碰觸羅伯特的腳。

「哇！」

羅伯特因受到電擊而向後躍開，來到啟太右側。

就是現在！

啟太使盡全力扣引扳機。電擊槍放出的探針擊中羅伯特腹部。

「啊……」

羅伯特慘叫一聲倒地。兩人就這樣並躺在地上。

「我其實也……不想這麼做。」羅伯特解釋道。

「我知道……不用解釋。」

啟太並沒原諒羅伯特，不過，在這裡爭辯只是浪費力氣。而且啟太也擊中了羅伯特，這樣兩人就算扯平了。

「啟太，你為什麼不朝彩香開槍？」

雖然身體麻痺動彈不得，但似乎還能說話。

「因為我是一名遊戲玩家。就算不用那種手段，一樣可以增加點數。」啟太逞強道。

「可是你只有三點耶。真可憐。」

「要你囉嗦，閉嘴！」

羅伯特閉上嘴後，一陣凝重的沉默籠罩而來。走廊傳來腳步聲。似乎是士兵在巡邏。啟太與羅伯特的點數，與互擊之前一樣。啟太被羅伯特擊中，少了一點，而他擊中羅伯特後，又多了一點。他們兩人就只是平白挨了一次電擊，白忙一場。約莫五分鐘後，啟太與羅伯特幾乎同時可以行動。以電擊槍射擊取得點數，一人只有一次機會，現在就算再次互擊，點數也不會有增減。羅伯特不發一語地步出圖書室。

啟太重新振作精神後，在圖書室展開調查。

如果不使用電擊槍，那勢必得在三小時內找出四個以上的電池記號不可。想到這點，便覺得記號應該是位在容易找到的地點。如果要對圖書室展開地毯式搜尋，就算花上一天的時間也不夠。只好大致找尋了。羅伯特雖然被啟太擊中，但也還保有七點。除了射擊結衣得到的三點外，他一定是在某處發現了電池記號。也許就是這裡。啟太在書架間行走，但始終沒找到記號。在走進閱覽室時，他的平板電腦振動了約五秒之久。

怎麼了？

它並沒有電話功能。看平板電腦的螢幕並無任何變化。上頭就只顯示了三個■記號以及00:57:21的遊戲經過時間。這並非是提醒他已過了一個小時，看來是對某個東西有所反應。啟太環視四周。桌上有一本厚厚的辭典，不自然地打開著。

「是它嗎……」

辭典內部鏤空，裡頭嵌著螢幕。上頭顯示著🔋的電池記號。啟太取下自己的平板電腦與電池記號重疊，平板電腦振動，■記號增加一個。這裡的點數只有一點。最後他又在圖書室裡逛了一圈。這棟建築是否真是私立××高中的校舍，還是純屬假造，只要檢查圖書室裡的書本就可明白。如果《江戶川亂步傑作選》裡頭有啟太的塗鴉，那這所校舍就是真的。但啟太並未加以確認。就算知道也沒任何意義，只要能在遊戲中獲勝就能存活，如果輸了就會被殺，這件事實不會有任何改變。

啟太到四樓的講義室和自習室檢查，但沒發現電池記號。來到走廊後，看到士兵的背影出現在西側。只要不進入士兵的視線裡，他們便不會追來。啟太躡腳走下東側樓梯。他想到三樓查看，但考量到上層的士兵可能會走下樓，他改為從更底下的二樓開始查看。他巡視過一年級的教室，沒發現電池記號。啟太感到焦急，這與他平時玩的平面遊戲不同，身體會感到疲憊，失敗後也不能重來。他並非自認是電玩高手就小看這個遊戲，但他陷入苦戰的程度，遠超乎他所預期。雖然對彩香誇下海口，但要湊到十點非常困難。而且還要帶著彩香到每個有電池記號的房間，未免也太逞強了。

既然這樣，不如朝她射擊……

怯懦引來了惡意。雖然想活命，但因為這樣就拿電擊槍攻擊受傷的前搭檔，這種事啟太做不出來。還有一半以上的時間。在放棄的瞬間，遊戲便會結束。

啟太伸手搭向視聽教室的門，發現裡頭傳來人聲。

有人？

他豎耳細聽。聲音是從房內傳來。不是同學之間對話的聲音。是英語，而且還伴隨著音樂。

啟太緩緩打開門。裡頭一片漆黑，投影幕上正在播放黑白電影。就是這個聲音嗎？他踏進門內，左胸的平板電腦旋即產生振動，這房間裡有電池記號。打開電燈開關，房內登時轉為明亮。

「別動！」

啟太背後傳來一個聲音，是和樹。

「要開槍的話就快點，別浪費時間。」

這句話有一半是逞強，一半是真心話。現在就算挨和樹一槍，也只是減少一點，不會就此ＬＯＳＴ。既然這樣，就算能多爭取一秒的時間也好。

「你知道這是哪部電影嗎？」

和樹以電擊槍槍口對準啟太，如此問道。啟太朝電影瞄了一眼。由於房內燈光明亮，投影幕泛著白光，看不清楚。

「好像是一部很老的電影。」
「是五〇年代的美國電影。你對電影應該也很熟吧。」
「不適合拿槍抵著我聊這種話題吧?」
啟太一面說,一面想要轉頭。
「別動。再動的話我真的開槍喔。」
「我不是說了嗎,要開槍的話就快點。」
啟太如此應道,思索著逃跑的時機。和樹不予理會,繼續自顧自地說著。
「這是諾威.舒特(Nevil Shute Norway)原著的科幻電影《世界就是這樣結束的》(On the Beach)。我走進這裡的時候,它正播映著。是設置這場遊戲的人所安排的。」
「《世界就是這樣結束的》是吧?沒看過。」啟太道。
「真可惜,這可是部傑作呢。那個時代的科幻電影有很多傑作。《禁忌星球》(Forbidden Planet)你看過嗎?」
就像要激起啟太焦急的情緒般,和樹以慢吞吞的口吻說道。
「你到底想說什麼?」
「聊電影。在剩下的成員中,能和我聊這個話題的就只有啟太你了。」
「對了,《禁忌星球》的原作是莎士比亞的《暴風雨》,這你知道嗎?」
「真的嗎?」

和樹發出一聲驚呼。啟太乘機轉頭，同時以電擊槍對準和樹。

「哇，真厲害。簡直就像詹姆士・龐德或傑克・鮑爾[6]一樣。」和樹打趣道。

這是怎麼回事？眼前不是啟太所熟悉的那個模範生牧田和樹，他好像有哪裡不對勁。

「都這種時候了，虧你還有辦法開玩笑。」

啟太手持電擊槍說道。和樹已失去戰意，電擊槍槍口朝向一旁。啟太朝和樹的平板電腦螢幕瞄了一眼。

「那是怎麼回事？」

啟太雙目圓睜問道。和樹的螢幕上連一個■也沒有。

「就算你射我，也賺不到點數了。」

「這是怎麼回事？」

為了謹慎起見，啟太還是以電擊槍對準和樹。

「我的點數已經一個不剩。」和樹回答。

「這樣的話，你不就ＬＯＳＴ了嗎？」

「我原本也這麼認為，但還是像這樣活著。話雖如此，我似乎只能在這剩餘的時間裡，像行屍走肉一樣活著。」

「為什麼你的點數全沒了？」

「我不想說。」和樹執拗地說道。

「點數無法恢復嗎？」
面對接連提問的啟太，和樹一派輕鬆地回了一句：「你冷靜一點。」
「啟太，你希望我復活嗎？」
「不，我……」啟太語帶含糊。
「能活著離開這裡的男生只有一個人。如果我被淘汰，競爭率也會為之降低。這樣對你來說再好不過了，不是嗎？」
確實是這樣沒錯，但啟太卻無法認同。
「我試了各種方式，但點數就是無法恢復。我已經完了。等時間一到，我就會死。」和樹悲傷地說道。
「所以你才會死了這條心，而待在這裡看電影是嗎？」
啟太這時也改為槍口朝下。
「我不是說了嗎，是這裡在放電影！」
和樹咆哮道，啟太往後退。雖然沒顯現在臉上，但和樹還是因死亡的恐懼而感到焦躁不安。
「抱歉，對你大吼。不過，在人生的最後，沒人會看這麼陰沉的電影吧？」
和樹佯裝平靜，以平常的口吻說道。

6. 傑克鮑爾：美國影集《24小時反恐任務》的男主角。

「我不知道這部電影。」

「這樣啊……我甚至還看過原著呢。於是我做了個假設。」和樹低聲道。

「什麼假設？」

「我不會告訴你的。不過，我猜的應該沒錯……對了，這裡有你要找的電池記號喔。」

和樹抓著啟太的手，帶他來到投影幕旁。

「你看，在這裡。」

牆上貼著電池記號的螢幕。

「充電吧。」和樹開心地說道。

「不用你說我也會做。」

啟太將自己的平板電腦螢幕與電池記號重疊。這麼一來，一共就有五點了。

「恭喜你。」和樹道。他的態度令人難懂。

「你到底在想什麼？」啟太問。

「你指什麼？」和樹裝迷糊。

「為什麼你的點數全沒了？」

啟太又再問了一次，但和樹沒回答。他三個點數全沒了，若不是被三個人射中，就是遭他原本的搭檔射擊。行事小心的和樹，很難想像會輕易遭三個人射擊。若是這樣，應該就是他原本的搭檔朝他開槍。他原本的搭檔是奈緒子。

「我從螢幕上看到你解救彩香那一幕。」和樹改變話題。
「我好像突然成了名人呢。」
「你為什麼救她？」
和羅伯特同樣的問題。在這個遊戲中救人似乎是很稀奇的事。
「我想要彩香那兩個點數，這樣說你滿意了吧？」
「不滿意。如果是這樣，你走進這裡時，應該會有五點以上才對。」
原來他已確認過我的點數，好個眼尖的傢伙。
「我那樣說，原本是想跟你開個玩笑。」
「老實跟我說吧。我已沒多少時間可活了。」
和樹灑脫地說道。他是真的已做好死亡的心理準備。為什麼他能在這麼不合理的情況下接受死亡？不試著找尋求生的方法，這麼乾脆就死心放棄，實在很不像他的作風。
「你是不是知道些什麼？」
啟太問，但和樹沒回答，就只是一臉落寞的神情。
「要是你說喜歡彩香，我就告訴你我的推測。」
「這樣就行了嗎？」啟太問。
「不，不行。你這傢伙會毫不害臊地說出這句話來。」和樹道。
再這樣跟他談下去，將會沒完沒了。

「我要走了。」
啟太準備離開這裡。
「我和你一起去。」
不知為何，和樹想跟他一起走。
「你在打什麼主意？」
「我想替你們加油。」
啟太納悶不解。和樹說的「你們」，指的似乎是啟太和彩香。
「一起行動總可以吧。」
就算跟他說會礙手礙腳，加以拒絕，和樹應該還是會跟著吧。
「好啊。」
啟太冷冷地應道，來到走廊上。

4

來到走廊後，傳來校內廣播。
「各位辛苦了。」是頭目的聲音。
啟太與和樹暫時先返回視聽教室，投影幕上映出頭目的身影。
「遊戲時間已經過一小時三十分，過了一半。現在士兵人數將由兩人增加為四人。各位請多加小心，好好享受遊戲。」
投影幕畫面又恢復為原本的電影。
「難度好像愈來愈高了。」和樹道。
「沒時間了，快點找電池記號吧。」
啟太正準備開門時，和樹說了一句「要謹慎一點」，緩緩打開門，查看走廊上的動靜。
「沒有危險。」
啟太與和樹來到走廊上。
「有四名士兵，表示各層會有一名。得小心行事。」
和樹加以提醒。這麼一來，感覺啟太好像成了他的手下一般。
「這下可麻煩了。」啟太低語道。
和樹環視四周，躡腳而行。像他這麼冷靜的人，為什麼不到一個半小時就被奪走三個點數。他到底發生了什麼事？
啟太與和樹檢查了多間教室和會議室，但都沒發現電池記號。接著當他們走進教職員室時，啟太的平板電腦開始振動。
「這個房間裡有電池記號。」
教職員室裡一片狼藉。教職員們的抽屜全被拉出，物品散落一地，椅子堵住了通路。

「是之前來過這裡的人為了不讓人找到記號，刻意用這種方式阻撓。」和樹道。

啟太站在門前，查看整個房間。教師的辦公桌原本是三個相對，形狀像一座島，但現在清楚分成被弄亂的桌子，以及完全沒動過的桌子。

「這樣的阻撓做法根本就是反效果。那傢伙發現電池記號後，在離開這裡前，一面走一面拉出抽屜，並用椅子擋住通道。也就是說，電池記號就位在被桌椅弄亂的前方。」

啟太撥開椅子往前走。在這場攸關生死的遊戲中，沒人可以輕鬆以對。對方自以為設下重重阻撓，卻清楚留下了線索。在啟太前方，有一張桌子文件堆得像山一樣高，遠非其他桌子所能比。

「應該就是這裡了。」

啟太將堆積如山的文件掃落地面。這裡理應有電池記號才對。

「咦？」

桌上空無一物。難道是有電池記號的平板電腦連同文件一起掉落地上嗎？

「福爾摩斯先生，看來你推理有誤喔。」和樹語帶揶揄。

「要你多嘴！」

焦急的啟太大聲吼道。

「電池記號在這裡。」

和樹站在對面的桌子旁說道。啟太前往一看，那張桌子裡嵌著螢幕，上頭有電池記號。

「不必向我道謝。」

和樹以沉穩的聲音說道。他很享受這場遊戲，難道是知道自己已經沒救，就此看開嗎？

「雖然是隔了一張桌子，不過大致上還是猜對了。」啟太不服輸地說道。

「那位從中阻撓的傢伙也動了點腦筋呢。如果沒事先做這樣的推測，可就有苦頭好吃了。」

和樹以傲視的眼神說道。

「瞧你神氣的。」

啟太將自己的平板電腦與桌上的螢幕重疊，點數由五點增加為七點。這是兩點的電池記號。

咦？

桌上螢幕映出文字。

是啟動電梯的關鍵字。

「Japheth」。

「這什麼意思？」

啟太側著頭喃喃自語，相對的，和樹則是一副心領神會的表情。

「你知道是什麼嗎？」

「我的推測已變為確定。」和樹道。

「你的推測到底是什麼？」

「還有時間。再讓我享受一下當中的樂趣吧。」

和樹如此說道，往前走去。啟太對知識向來頗有自信，但和樹更勝一籌。他到底從中看出了什麼……

雖然很在意，但想到和樹頑固的個性，應該不會輕易告訴他。要用電擊槍射他，加以拷問嗎？這樣他應該還是不肯洩漏。而且折磨自己同學，從中取得情報，這種事啟太做不出來。

「二樓全找過了對吧？」和樹問。

「接下來找一樓。」

「我聞到危險的味道，好像聚集了不少士兵。」

和樹打開門，確認沒有士兵後，朝啟太喚了一聲「我們走」。主導權好像都握在和樹手上，啟太覺得很無趣。

來到一樓的啟太與和樹，迅速進入位於東側樓梯旁的美術教室。平板電腦沒振動，但之前走進圖書室時也沒馬上振動，所以還不能斷言這裡沒有電池記號。他們在美術教室裡找了一圈，都沒看到記號。

「看來是猜錯了。」和樹道。

啟太本想打開門，卻猛然停住。門外有士兵。士兵在遊戲中徹底扮演棋子的角色。只要不進入他們的視線內，就算感覺到聲音和動靜，他們也不會追過來。

「在士兵離開前，再待一會兒。」啟太道。

「可以問你一個問題嗎？」

「什麼？」

「為什麼你沒和彩香一起行動？」

突然被問這個問題，啟太心頭為之一慌。和樹全瞧在眼裡。

「發生什麼事嗎？」

老實告訴他彩香受傷的事好嗎？如果是和樹，或許會助他們一臂之力，但難保這件事不會洩漏出去。彩香受傷的事，在這場遊戲中將會是致命傷。還不能相信和樹。

「我們在半路上分道揚鑣。」啟太只說了這麼一句。

「說謊鼻子會變長喔。」

和樹調侃道。可能人一旦做好接受死亡的心理準備，就會變強，啟太完全被玩弄於股掌。

「我只說真話。我們走吧。」

再聊下去只會露餡。也許和樹已經發現彩香遇上了什麼問題。如果是那樣，告訴他也無妨……啟太突然開始擔心起彩香。待在學生會辦公室真的安全嗎？他猶豫該不該去看彩香，但現在只能專注在蒐集點數這件事上。確認士兵離開後，啟太與和樹衝向走廊。

「這是怎麼回事？」

走進書法教室後，啟太為之錯愕。羅伯特胸前插著一把菜刀，躺在榻榻米上，已然氣絕。

「遊戲中的暴力行為不算違規。」和樹道。

「話是這樣沒錯，可是，這樣也可以嗎？」

「應該可以吧。」

和樹說得沒錯，這麼做確實可以。所有人的行動都受到監視。如果這種殺人行為違規，兇手應該會被判定ＬＯＳＴ。

「這就是它與虛擬遊戲的差異是吧……」

啟太聲音顫抖。被關閉在這處不合理的空間裡，被迫展開這種殺人遊戲，不過這都是為了活命。但眼前的殺人案就不同了。雖然他不清楚情況為何，無法斷言，但應該沒必要殺害羅伯特才對。是誰這麼殘忍……

「菜刀應該是從廚房拿來的吧？」和樹冷靜地說道。

書法教室對面是餐廳，裡頭深處是廚房。兇手應該是從那裡取得菜刀吧？就像哥倫布立蛋的故事一樣，看起來誰都能完成的事，第一個想到去做卻是最難的。玩慣遊戲的啟太，竟然沒想到使用電擊槍以外的武器。到底是誰……

「你該不會想找出這起殺人案的兇手吧？」

經和樹這麼一說，啟太露出苦笑。

「雖然我喜歡推理遊戲，但這次還是算了，因為時間寶貴。」

「說得對，乖孩子。」

和樹那高高在上的口吻，聽了心裡很不是滋味，但啟太不想頂撞他。

「不過，兇手的身分我還是很在意。」

「別去探究這件事。等你保住性命後，再好好細想這個問題。」

「那如果無法保住性命呢？」啟太問。

「那就到另一個世界後，直接問羅伯特誰是兇手不就得了？」

很中肯的意見，但在這種情況下，腦袋還是會不自主地展開推想，思索誰是兇手。目前還存活的人，有啟太、和樹、彩香、奈緒子、玲奈、不比等。羅伯特的平板電腦螢幕顯示時間停在01:29:57，所以推斷他遭殺害的時間是遊戲開始後的一小時二十九分後。當時啟太與和樹在一起。腳受傷的彩香也排除這個可能。那就只剩奈緒子、玲奈、不比等了。這場遊戲開始後就一直沒看到不比等。此事透著詭異。難道就是他殺了羅伯特？只要以電擊槍射擊後奪走點數即可，沒必要殺人奪命。但他還是殺了羅伯特，因為擁有最多點數的羅伯特是阻礙。能存活的男生和女生各只有一名，要是羅伯特蒐集到十點，坐上電梯，在場的所有男生就都GAME OVER了。要阻止他，最快的方法就是殺了他。

「你在想誰是兇手對吧？」和樹道。

「想不想是我的自由吧。」

「你在懷疑不比等對吧？」

「因為能存活的男生和女生各只有一人。有這個動機，而又沒有不在場證明的，就只有不比等。」

「也對。不過勸你最好還是別妄下定論。這個房間已經沒用處了，我們去餐廳調查看看吧。」和樹道。

走進餐廳後，啟太的平板電腦開始振動。這裡有電池記號。

「要小心。機會向來都伴隨著危機。」

和樹出言提醒。啟太之前走進視聽教室時，因為被投影幕上的電影以及平板電腦的振動吸引了注意，才會被和樹從身後拿電擊槍抵著。

「你真的很愛說教呢。」

啟太端起電擊槍，環視室內。這裡比教室大上一倍，有足以容納六十人的座位。大致看過後，裡頭似乎沒藏人。和樹小心提防地望向桌下。

啟太穿過餐廳，走進廚房。沒有任何動靜。有兩臺大型冷凍庫發出嗡嗡的馬達運轉聲。在推理劇中，屍體往往會擺在冷凍庫裡……啟太伸手搭向冷凍庫的門把。

「小心一點。」和樹從後方喚道。

「別嚇人好不好。」

「裡頭搞不好躲著人，你一開門就會挨槍。」

「要是躲在冷凍庫裡，手指會凍到無法扣引扳機。」

啟太小心翼翼地打開門。冷凍庫裡的大小足以藏人，但裡頭空無一物，就連食材也沒放。

「如果是電影，往往第二臺就會有人衝出來。」

看和樹講得樂在其中，啟太不禁想起自己已故的祖父。祖父個性頑固，啟太幾乎沒有任何祖父疼愛他的記憶。但是當醫生告訴祖父來日無多後，祖父就像換了個人似的，變得溫柔又慈祥，每天都過得很快樂。或許人在做好死亡的心理準備後，便會想好好享受剩餘的人生。但祖父與和樹的年紀相差懸殊，八十多歲的祖父或許已對自己的人生了無遺憾，但和樹年僅十八。現在就接受死亡，未免太早了。

啟太打開第二臺冰箱，裡頭空空如也。和樹露出開朗的微笑，那是無比燦爛的笑臉。他在了悟生死後，似乎變得很天真無邪，但啟太還是無法了解他的心境。和樹到底是遭遇了什麼樣的心境變化……

廚房深處的調理臺上嵌著螢幕，電池記號就在那裡。啟太以自己的平板電腦螢幕與調理臺的螢幕重疊，點數從七點增加為九點。
「真幸運。這裡也是兩點。」和樹道。
調理臺的螢幕上映出文字。
是啟動電梯的關鍵字。
「Ham」。
「這什麼啊？」啟太納悶不解。
「第二個關鍵字是『Ham』是吧。原來如此。」和樹一副心領神會的模樣。
「『Ham』是什麼意思啊？」
啟太抱著姑且一試的心情問道。
「這個嘛。或許是可以吃的『火腿』，或是形容喜歡業餘無線電的『火腿族』。除此之外還會有什麼？」
和樹故意裝蒜。這下啟太真的想對他進行拷問了。
「先不管這個，你只要再一點就能離開這裡了，真好。」
「你還要繼續跟著我嗎？」
雖然還不至於到礙眼的地步，不過啟太已開始在意起和樹的存在。他隨時都有可能喪命。要是繼續待在一起，他將會死在啟太面前。啟太不想看到和樹肚子爆炸的慘狀。

「果然不見了。」

和樹打開廚房的櫃子，如此說道。在排成一列的調理器具中，連一把菜刀也沒有。刺殺羅伯特的兇手似乎把所有菜刀都帶走了。

「接下來你打算怎麼做？」和樹問他。

位於一樓西側的體育館和道場還沒去看過，但要前往那裡，勢必得通過筆直又漫長的走廊。倒不如前往三、四樓還沒檢查過的房間。

「到上面去吧。」啟太道。

啟太注意前方，和樹注意後方，兩人衝上東側階梯。抵達三樓時，下方傳來腳步聲，那強勁有力的腳步聲肯定是士兵。啟太與和樹衝進樓梯前方的生物教室。這裡就位在彩香躲藏的學生會辦公室隔壁。雖然很擔心彩香，但現在什麼也不能做。啟太朝螢幕上的時間瞄了一眼，只剩最後不到一個小時。

「這個房間也檢查一下吧？」和樹道。

「嗯，說得也是。」

由於平板電腦沒振動，所以啟太以為這裡頭什麼也沒有，但為了謹慎起見，還是繞了一圈。牆上裝飾了蝴蝶和獨角仙的標本，層架上擺滿實驗道具。教室的角落裡也有老舊的人體模型。平時不曾覺得這裡可怕，但此刻籠罩在寂靜下的生物教室，令人感到坐立難安。

「你有沒有聽到什麼聲音？」和樹問。

啟太聽了後為之一怔。難道彩香在隔壁學生會辦公室的事被他發現了？和樹豎耳細聽。

「我什麼也沒聽到。」啟太道。

「不，我聽到了。有女人的呻吟聲。」

難道他聽到彩香忍受腳傷痛楚的聲音。

「是女人發出的痛苦呻吟。」

「別鬧了。」

「以前有個被霸凌的女學生在這裡自殺。你聽說過吧？」

和樹又惡作劇了。

「我們走吧。」

啟太微微打開門，往走廊窺望。沒看到士兵。

5

走上四樓的啟太與和樹，暫時先躲進講義室。這一層也有士兵巡邏。時間一分一秒過去，剩下最後四十五分鐘，但因為有士兵在，無法自由行動。這裡之前檢查過，沒有電池記號。兩人看準在走廊上巡邏的士兵背對他們的時候，改前往三年級教室。先到D班，接著到C班，然後才到B班。這三個教室都沒有電池記號。士兵已經下樓，所以啟太與和樹走進三年A班。

「這樣的話……」啟太一時語塞。

「有可能會時間到對吧……」和樹也說不出話來。

A班教室還是跟啟太他們被帶走前一樣沒變。黑板上寫著「三年A班同樂會」，講臺上還擺著獎品——新型的遊戲機。課桌全往中央靠攏，上頭擺滿了點心和果汁。書包等私人物品仍原封不動，羅伯特寫有「幹事」的彩帶掉在地上。

「我第一個到。」

啟太一時間覺得龍次彷彿會奔過走廊，衝進教室裡，忍不住望向門口。愛理一身性感的女僕裝，逐一發配爬樓梯比賽的順序名牌，那模樣浮現眼前。女生看了皺眉，男生則是個個色迷迷的模樣。那痴傻的平日光景是如此令人懷念。啟太拿起擱在桌上的手機，上頭顯示「收不到訊號」。

「那東西不能用。」和樹道。

「我知道。不過上頭總留有資料吧。」

啟太望向手機裡的照片，偏偏第一個出現在螢幕上的是大地的笑臉。

「對不起。」啟太道。

還有之前放入，和朋友一起參加的電玩展照片，接著是學園祭的照片、暑假時獨自旅行的照片、父母的照片、妹妹做鬼臉的照片。看著看著，突然熱淚盈眶。

「仔細想想，當時還真是幸福呢。」和樹低語道。

「不過也才三天前的事。」啟太道。

「我們生在日本這個安全的國家，每天都過著幸福的日子，逐漸不懂幸福的價值為何。會遇上這種事，或許是老天對我們的懲罰。」

「開什麼玩笑。我們為什麼非得受這樣的懲罰不可。」

「一定是那些悲慘國家的人民，以及拚了命求生存的動物們，向八百萬神[7]抗議，說只有日本人過著悠哉的生活，實在太不公平。」

「我也是拚了命在過日子啊。真想叫那些動物們閉嘴，不要講這些歪理。」

「等到了那個世界後，我會跟牠們說的。」

「為什麼你能坦然接受這一切？到底發生了什麼事？」

在啟太的逼問下，和樹低垂著頭，無力地搖了搖頭。

「時間不夠了。我們也該離開這兒了。」和樹道。

「說得也是。」

啟太前往教室後方，找尋彩香的書包。

「你在做什麼？」

「彩香的手機。」

「咦？」和樹一臉困惑。

啟太找到彩香的書包後，將她的手機放進口袋裡。

「你要拿它做什麼？」

都走到這一步了，只好全部告訴和樹。就是因為彼此都對對方有所隱瞞，才會話不投機。

「我要交給彩香。」

「她怎麼了？你們沒一起行動，應該是有什麼理由吧？」

和樹一副早已看透一切的表情。

「彩香被玲奈擊中倒地時，腳受了傷。」

「傷勢很嚴重嗎？」

「可能是扭傷或骨折，無法獨自行動。」

「她人在哪兒？」

「我不能告訴你。」

「……我就覺得奇怪，原來是這麼回事。」

和樹鼻孔微張，雙臂盤胸，展開思索。

「你該不會想連同彩香的點數一起蒐集吧？」

「嗯，情勢所逼。我要是蒐集到十三點，就能轉贈她三點。」

7. 八百萬神：日本神道裡的眾神。

「這樣彩香還是只有五點。無法離開這裡。」和樹道。
「剩下的五點，可以到圖書室、教職員室、餐廳去蒐集。」
「不可能的。要帶著腳扭傷的彩香走在到處都有士兵巡邏的校內，一定會被逮住的。」
「但我和她約定好了。」
「等湊齊十點，你就自己一個人到地下室，搭電梯離開。」
「你終於又恢復為原本那位模範生啦。」
啟太像平時一樣調侃和樹。
「雖然對彩香很過意不去，但你還是放棄她吧。能逃離這裡的只有男女各一人，奈緒子可能已經集滿十點了。」
「果然沒錯。」
這麼看來，啟太的邪惡推測沒有錯。啟太現在也只有九點，但奈緒子卻已經蒐集到了十點，這實在太奇怪了。不過，和樹會如此確定，一定有其原因。那就是奈緒子開槍射擊和樹，這樣她就有六點了。剩下的四點，只要運氣好，找到兩個地方就能集滿。
「開槍射你的人是奈緒子對吧？」
和樹雙脣緊抿。
「你喜歡奈緒子是嗎？」

在啟太的詢問下，和樹微微頷首。

「打從進這所高中後，我便一直暗戀她。」

啟太也一樣暗戀奈緒子，不過和樹似乎是認真的。

「因為她真的很美，你說對吧？」

和樹聲若細蚊地說道，這次換啟太點頭應道「是啊」。因為迷戀奈緒子，而給了她可乘之機，就此同時失去戀情和性命。

「當我在二樓教室被擊中而無法動彈的時候，大螢幕上剛好播出你解救彩香的畫面。」

「就是因為這樣，你才想幫我是嗎？」

「我在校內徘徊時，視聽教室正好在播放電影。我心不在焉地看著那齣電影，正好那時候你走了進來。就這樣。」

因為失戀的打擊而變得自暴自棄，這點可以理解，但和樹那怪異的言行似乎不光只是因為這樣。他看透了什麼。與其說他是自認難逃一死，就此死心，不如說他是坦然接受死亡。

「被困在這裡的第一個晚上，奈緒子說她想和我一起離開這裡。我相信了她的話。」和樹道。

那天晚上，奈緒子也對啟太說過同樣的話，而兩個小時前她又說過一次。該不會奈緒子也對大地說過同樣的話吧？在「神鬼戰士」的比賽前，大地與奈緒子有過一番交談。她應該是以此誘惑大地，激起大地的意願，所以大地才會像變了個人似的充滿鬥志……

「在翻牌遊戲的比賽中之所以能勝出，也都是拜她所賜。」和樹道。

「難道說，把明夫拉到你們那邊的人……」

「就是她。她向明夫洗腦，說要是不背叛龍次，就沒辦法活命。」

「真不敢相信。」

啟太並非懷疑和樹，但他實在無法相信自己所心儀的奈緒子竟是這樣的人。見啟太沉默不語，和樹嘆了口氣。

「就算我受到這樣的對待，我仍舊喜歡奈緒子，而且我原諒她。」

「我們全是一丘之貉。」

「很像你會說的話。」

和樹似乎又恢復成原本那位模範生，如此說道。

「我也為了活命而殺了大地，以卑鄙的手段贏過明夫和陽子，騙了龍次和美雪。就算奈緒子像你說的那樣耍計謀，也沒人有資格責怪她。在這裡如果不這麼做，就無法活命。」

「說出來後果然舒坦多了。」

和樹就像附身的邪靈退去般，露出他平時爽朗的笑容。但這樣的笑容，也只能再維持短暫的四十分鐘。

走進三年A班對面的電腦教室後，啟太的平板電腦開始振動。

「這麼一來就有十點了。」

和樹就像是自己得到點數一樣開心。他望著擺滿電腦的桌子，繞了一圈。

「在這個座位上！」

和樹像孩子似的大叫，叫喚啟太前來。教室中央的電腦螢幕上有電池記號。啟太將平板電腦的螢幕與電腦螢幕重疊，點數從九增加為十。

「這麼一來就能到地下室去了。」和樹道。

但啟太搖頭。他和彩香已約定在先。啟太確認過點數後，也沒看外頭的情況，直接就想走到走廊上。

「要謹慎一點！」

和樹擋在門前。

「我要你連同我的份一起活下去。」

說完後，和樹打開門往走廊窺望，不見士兵的蹤影。

「可以了。」和樹道。

啟太來到走廊，在階梯前豎耳細聽。士兵走路時會發出腳步聲，所以就算他們位在死角，聽聲音也判斷得出來。附近似乎沒有士兵。啟太與和樹走下西側樓梯，三樓還有沒檢查過的房間。

「應該沒辦法逛完每個房間吧。」和樹道。

「也只能碰運氣了。」

抵達三樓的啟太，走進樓梯旁的地球科學教室，和樹也跟著走進。空蕩的寬闊空間裡，貼著一張世界地圖。平板電腦沒振動。

「去下一間吧。」

啟太馬上做出決定。正當他準備開門時，傳來腳步聲。走廊上有士兵，又不能行動了。啟太感覺到和樹在看他，轉頭面向和樹。

「幹嘛？」

「你要決定好底線。就快要進入最後三十分鐘了，你要放棄彩香，自己到地下室去。」

「我說過，我不要這樣。至少我也要把手機送到她手上。」

啟太握緊他放在口袋裡的彩香手機。雖然沒看過裡頭的資料，但應該有她朋友和家人的照片。只要擁有手機，心情就會大不相同。他要多增加一些點數，好前往迎接彩香。

微微打開門，確認沒有士兵在場後，啟太來到外頭。前方這段路有點長。非得從學校西側跑往東側，在L型走廊上左轉，一路跑向北側不可。學生會辦公室就位在L型轉角處。

「要一路跑到音樂教室喔。」

啟太對和樹說道，全力往前疾奔，中間完全沒歇息。被龍次打傷的地方還沒恢復，每次一跑就會全身疼痛。雖然只要一緊張就會暫時忘記，但每次腳一蹬地所傳來的震動，都會令他像觸電般全身麻痺。好痛。只要腳一觸地，龍次對他拳打腳踢的痛楚便又再次浮現。

「士兵來了！」

雖然對自己的速度很有自信，但因為疼痛無法使出全力，最後還被和樹超越。士兵的腳步聲從後方逼近。已沒時間往後看了。要是被逮住，一切就全完了。背後感覺到強大的壓力。學生會辦公室雖然就近在眼前，但無法直接進入，彩香從裡頭反鎖了。他們繞過走廊後，看見音樂教室就在前方。

「動作快！」

早一步衝進音樂教室的和樹打開門，等候啟太到來。

「危險！」和樹叫道。

啟太猛然將身子往右一甩，士兵的手指從他背後掠過。

「哇！」

啟太使盡最後的力氣，衝進音樂教室，直接倒臥在地上。

「直接逃往學生會辦公室不就好了嗎？」和樹問。

啟太上氣不接下氣，無法回話。

「彩香在學生會辦公室嗎？」

「沒錯。」

啟太簡短應道，接著站起身，在室內繞了一圈。他冒著生命危險跑到這裡，卻沒有電池記號。

「這個房間也沒有。」和樹道。

「也許已經沒有電池記號了。」

「不，至少還有一處。」

「為什麼？」啟太問。

「之前我們發現了兩個關鍵字。分別是教職員室的『Japheth』和『Ham』。就一般的推理小說來看，關鍵字往往都有三個。」

「是這樣嗎？」啟太問。

「這就像制式化的規矩一樣。」

和樹轉過臉去，如此說道。啟太對他的態度感到懷疑，模範生向來不擅長說謊。他或許對推理小說知之甚詳，但關鍵字往往都有三個的規矩，啟太從沒聽過。如果是這樣的話，為什麼和樹會說有三個關鍵字？因為和樹已從那兩個關鍵字中發現了什麼。

「沒時間了。」

啟太在思索時，和樹向他喚道。音樂教室對面是化學教室。打開門後，眼前便是化學教室的門，他們可以輕鬆前往。走進後，啟太的平板電腦開始振動。

「或許會有第三個關鍵字。」

和樹就像在尋寶似的開心地在教室內來回走動。

「啟太，在這裡！」

在和樹的叫喚下，啟太前往角落的一張桌子旁，裡頭嵌著螢幕。啟太將自己的平板電腦與它重疊，由十點增加為十二點，這裡是兩點。

螢幕上浮現文字。

是啟動電梯的關鍵字。

「Shem」。

「第三個關鍵字是『Shem』。」和樹就像在提醒似的說道。

「Japheth」、「Ham」、「Shem」出現這三個關鍵字。

「這三個字的共通點是……」

啟太感到困惑。從這三個關鍵字，可以聯想到某個人物，但那個人所代表的含意是……

「你的推測應該沒錯。我也是同樣的想法。」和樹道。

「這到底是怎麼回事？」

「如果能活下來，頭目就會告訴你實情。」

「怎麼會……這不是真的吧？這一定是遊戲的設定，一定是這樣沒錯。」

「沒時間在這裡思考了。你不是要去迎接彩香嗎？」和樹語帶安撫地說道。

「說得也是……」

啟太如此回答，但他不知如何是好。如果推測沒錯的話，那事情可就麻煩了。和樹早已察覺此事，才會做好死亡的心理準備。

啟太衝過走廊，來到學生會辦公室前，敲了敲門。

「彩香，是我。」

門開啟，彩香從裡頭探頭。

「打擾了。」和樹率先走進學生會辦公室內。

「為什麼牧田同學也在？」彩香問。

「他說要幫助我們離開這裡。」

走進學生會辦公室的啟太，對他與和樹之間發生的事大致做了一番說明。只剩最後三十分鐘，沒時間休息了。和樹負責監視，啟太扶著彩香前往化學教室。這麼一來彩香就有四點了。要集滿十點，還有很長的路要走。

三人走出化學教室後，和樹前往確認沒有士兵走下東側樓梯後，回到他們身邊。啟太扶著彩香走下樓梯。抵達二樓後，三人進入教職員室。這裡也有電池記號。帶彩香前往那裡後，她的點數增加為六點。

「接下來打算怎麼行動？」和樹問。

「前往視聽教室和廚房。」

「就算在那兩處存到了三點，也只有九點啊。」

「要帶彩香上樓是不可能的，再來就只能看情勢怎麼發展了。」

要累積點數還有另一個方法，只要用電擊槍射擊就行了。真的沒辦法時，只要朝啟太開槍，她就能湊齊十點。

「等一下。」

走出教職員室的啟太他們從走廊上往西行，朝視聽教室走去。和樹走在前方警戒。西側有個樓梯，要是士兵突然從前方出現，就得趕緊躲進其他教室裡。

和樹如此說道，豎耳細聽。啟太和彩香也為之停步，但他們什麼也沒聽見。

「難道是我聽錯了？好像沒事。」

在前方小跑步的和樹打開視聽教室的門，等候啟太和彩香到來。啟太扶著腳受傷的彩香緩緩而行，焦急的兩人無法配合彼此的節奏，走得很不順利。這時啟太抬起頭，看見士兵出現在走廊前方。

「和樹，前面！」啟太大叫。

走上西側樓梯的士兵，朝和樹走來。

「快進教室裡！」

啟太如此說道，但這時他感到背後有異樣的動靜。

「啟太，後面！」彩香道。

轉頭一看，後方也有另一名士兵衝了過來。雙面包夾。就算要躲進一年級教室，還是有些距離，該怎麼辦才好……

不行，和樹身後也有士兵。在啟太他們走進教室之前，會先被逮住。前後皆已無路可逃。

「啟太，到這邊來！」

「啟太，再來就拜託你了！」

這時和樹衝出，朝那名從西側樓梯走上來的士兵撞去。

「和樹！」

啟太一面叫喊，一面扶著彩香往前走。和樹鼓足全身之力，抱住那名壯碩的士兵，努力困住他。

「要連同我的份活下去！」

啟太和彩香走進視聽教室。投影幕上播出和樹被士兵帶走的畫面。

「和樹……」

啟太低語道。再也看不到和樹的笑臉了。

「我們非得做到這種地步才能活下去嗎！」彩香聲嘶力竭地喊道。

「可惡！」

啟太使勁敲打牆壁，無限懊惱。淚水奪眶而出，但還是非走不可。彩香癱坐在地上哭泣。

「這裡也有點數。」

啟太硬下心，帶著彩香前往有電池記號的那面牆。

「我受夠了！」

彩香這時鬧起了脾氣。要是這時候放棄，眾人的犧牲便全都白費了。得想辦法說服彩香才行，但啟太最不會和女生溝通了。要怎麼做，才能讓她重現鬥志呢？經過一番苦思後，他想到自己有樣東西要交給彩香。

「我帶回來這個。」

啟太將他在三年A班教室發現的手機交給彩香。

「這是我的。」

彩香將手機握在手中，和啟太先前一樣，馬上看起了照片。

「爸、媽……」

彩香看過照片以後，眼中噙著淚水。啟太雖然想讓她就這樣沉浸在感傷中，但時間緊迫。奈緒子、玲奈、不比等他們三個人還沒LOST。啟太雖然不認為運動白痴不比等會比他早集滿十點，但還是萬萬不能大意。自從與玲奈成為搭檔後，不比等變得愈來愈有膽識，面對同學的死，一樣可以不為所動，繼續投入遊戲之中。他會是匹黑馬。

「現在比較想活下去了吧？」啟太問。

「……嗯。」彩香點頭。

「想傳話給妳爸媽的話，就自己說吧。」

啟太帶著彩香前往貼在牆上的電池記號。平板電腦與螢幕重疊後，彩香的點數增加為七點。還差三點。

「妳等一下，我有個好東西。」

啟太走進視聽教室裡頭，拿來一個附輪子的椅子。只要讓彩香坐在上頭，推著她走就行了。

6

因為少了和樹當前導，啟太一面提防著士兵到來，一面推著彩香的輪椅。他們先躲進一年D班的教室裡觀察情況。雖然很想快點趕路，但還是小心為上。這個時候要是被士兵逮住，可就前功盡棄了，先躲進教室裡休息方為上策。士兵從東側樓梯走上這一層樓。剛才要是不顧一切繼續前進，此時便會與士兵撞個正著，真的是好險。啟太從門縫處窺望，見士兵離去後，馬上前往走廊。啟太來到樓梯前方後，將彩香抱下椅子。

「抱歉。」彩香道。

「不用道歉，我們快走吧。」

他扶著彩香走下樓梯。接下來也是一場賭注，要是底下有士兵的話就完了。啟太和彩香向來都籤運不佳，不過這也可以說是「抽不到好籤」，這樣想的話，就表示也遇不上士兵。他改採正向思考，不會遇上士兵的，不會有士兵的。結果來到一樓走廊，果然沒發現士兵。啟太一手扶著彩香的肩膀，一手握著電擊槍。餐廳裡感覺不出有人。

「電池記號在廚房裡。」

啟太和彩香穿過餐廳，進入廚房，這裡同樣沒人。他帶著彩香前往設置在調理臺上的螢幕前。啟太覺得不太對勁。有哪裡不太一樣，和他之前走進這裡的時候不同，到底是什麼呢……彩香將自己的平板電腦與調理臺的螢幕重疊，點數已來到九點。對了！是馬達聲，沒聽到冷凍庫的馬達聲。

「糟了！」

啟太急忙轉身，但玲奈與不比等早已手持電擊槍對著他。他們躲在冷凍庫裡。啟太瞄了一眼兩人的點數，玲奈九點，不比等八點。

「沒想到你們兩人會一起行動，真意外。」

啟太對他們說道。只剩最後十分鐘。這時候要是被玲奈和不比等奪走點數，啟太他們就再也沒勝算了。

「宮野同學，不好意思，這場遊戲是我們贏了。」

不比等以平靜的口吻說道。這名只會讀書、思想幼稚的男人，自從與玲奈搭檔後，似乎一下子變得成熟許多。看來他們兩人很合得來，他們似乎互相信賴，一直共同行動。

「三崎同學，妳到底是什麼人？最後可以告訴我嗎？」

啟太向玲奈搭話，以此爭取時間。趁這段時間思考脫困的方法。彩香躲在啟太身後。

「我可以開槍。」彩香悄聲說道。她手裡似乎握著電擊槍，但沒有射擊經驗的她，可以一次就準確擊中他們兩人嗎？怎麼想都覺得不可能。在這種狀況下，啟太毫無勝算。

「倖存的各位，遊戲時間只剩最後十分鐘。」

校內廣播傳來頭目的聲音，餐廳的大螢幕映照出頭目的身影。

「三崎玲奈，任務已結束。請馬上撤離。」頭目道。

「可是……請讓我留下來。我想留下來。」

玲奈大聲說道。其他三人則是豎耳聆聽，想明白發生了什麼事。

「三崎玲奈，請撤離。」頭目說。

「我有進行這個遊戲的資格。」

「不，任務已結束。請撤離。」

「不比等會變怎樣？至少請讓他……」

「他還有機會。就算沒有妳，他也能自己進行遊戲。」

「既然這樣，那就別管遊戲怎樣了，請您救他一命吧。」

「三崎玲奈，妳的任務是引導學生，讓遊戲可以順利地進行。現在妳的任務已經結束，請馬上撤離。」

頭目以嚴峻的口吻說道。

玲奈放下電擊槍，轉身面向不比等。

「不比等同學，請對我開槍。這樣你就能離開這裡了。」

「這到底是怎麼回事？任務指的是什麼！」

玲奈無法回答不比等的質問。啟太代替她回答。

「你也聽到頭目講的話了吧？她是安排遊戲的那班人當中的一分子。」

「妳騙我？」不比等問。

「對不起。不過我是真的想和你一起離開這裡。就算我不行，至少也希望你能獨自離開。快點對我開槍吧！」

「要是我活下來的話，之後能再見到妳嗎？」

「這……」玲奈為之語塞。

「到底怎樣？」

「拜託你，快點對我開槍，讓自己的點數成為十點！」玲奈對不比等道。

「……這我辦不到。要是沒有妳，我沒辦法存活至今。我會在第一場遊戲就被殺了。」

玲奈胸前的螢幕消失。

「對不起。我什麼都幫不了你。」

玲奈緊緊抱著不比等。

「不比等同學，你和我弟弟很像……所以我才會想幫你。」

啟太與彩香小心提防地望著玲奈與不比等。就算少了玲奈，遊戲也不會因此結束。不比等還在，而且彩香的點數也不夠，再加上已經沒剩多少時間。啟太朝螢幕瞄了一眼，顯示時間為「02:52:33」，剩下七分二十七秒。

「逼我們玩這樣的遊戲到底是為了什麼？」

啟太如此問道，緊抱著不比等的玲奈轉頭面向他。

「宮野同學、酒井同學，還有不比等同學，你們都聽好了，這場遊戲的真正意義是……」

話說到一半，玲奈突然緊按胸口，一臉痛苦。

「三崎玲奈，請謹守妳的任務。要是再多說，我就殺了妳。」頭目道。

「這不是一般的遊戲……」玲奈如此說道，痛苦地倒在地上。

「玲奈小姐！」

不比等摟住玲奈。

「地、地……地球……」玲奈說到一半，無法動彈。

「玲奈小姐……玲奈小姐……玲奈小姐！」

不比等搖晃著玲奈的身軀，但她已斷氣。

「妳不是和我說好，要一起離開這裡嗎？為什麼！我就是因為有妳在，才能一直堅持到現在啊。這是我第一次遇見認同我的人，但現在妳為什麼……」不比等完全淚崩。

「我們走吧。」啟太向彩香喚道。

「嗯……」

啟太帶著彩香走出廚房。他突然在意起身後的狀況，便轉頭往後望。不比等一直待在玲奈身旁，一動也不動。他的初戀以悲劇收場，應該是再也沒鬥志繼續這場遊戲了。

「她到底是怎麼了？」

彩香手搭在啟太肩上，如此問道。

「她想說出這個遊戲的祕密，因而被封口。」

「會有什麼祕密？」

彩香的右腳似乎傷得不輕，只見她表情扭曲，狀甚痛苦。很難再次帶著她上樓湊齊點數後再到地下室，只能直接前往地下室了。現在似乎已沒有體力可以一口氣衝過走廊。雖然會多花一些時間，但眼下也只能迂迴行經當中的幾間教室，一面確認巡邏的士兵動向，一面前進了。

7

啟太和彩香一路行經一樓的事務室、校長室、生涯規劃諮詢室，最後終於抵達西側樓梯。明明是跑步不到三十秒的距離，卻整整花了兩分鐘才走完。兩人走下樓梯，進入地下室。他握好電擊槍，目光朝室內掃過一遍。目前只剩下奈緒子一人，但沒看到她的蹤影。難道是在不知道的時候被LOST了？還是她已自己先行離開？如果真是這樣，啟太和彩香就沒救了。像這種遊戲，電梯往往只能運作一次。螢幕上顯示的時間是「02:55:55」，只剩最後的四分鐘零五秒。現在只能祈禱奈緒子還沒離開這裡了。

咦？我是什麼候開始決定要和彩香一起逃離這裡的？

啟太發現自己內心的矛盾。三小時前，他還想著要和奈緒子一起離開這兒。之後他從和樹那裡聽聞奈緒子的真面目，那對他造成莫大的衝擊。柔弱的女人想在這種不合理的遊戲中求生存，最常用的手段就是運用謀略，借助男人的力量。如果以此責怪她，那可就搞錯對象了。況且那是和樹單方面的說法，沒聽奈緒子親口解釋，無法釐清真相。

「啟太，你自己離開吧。」

彩香見啟太沉默不語，替他擔心，向他喚道。

「我只有九點，沒希望了。」

「只要妳開槍射我，就有十點以上，這樣便能離開這裡。」

「這樣的話，你自己的點數就不夠了。」

「別替我擔心。」

糟糕。明明沒這麼想，卻又自己脫口而出。不知為什麼，每次和彩香說話的時候，就會不自主地露出善良的一面。真正的宮野啟太應該是個任性又自私的人才對，但不知道為什麼，對彩香卻特別溫柔。難道說……這就是愛情？我在這樣的情況下，愛上了彩香？

「我怎麼可能開槍射你。」彩香道。

「在那之前，得先啟動電梯才行。」

啟太扶著彩香走向電梯。他已經集滿十點，應該能開啟這扇門。正當他伸手搭在自己的平板電腦上時，電梯門突然開啟。

「咦？」啟太大為吃驚，奈緒子正滿面笑容地站在他面前。

「宮野同學，我等你好久了。」

啟太倒抽一口氣，得小心提防眼前這張秀麗的笑臉。奈緒子手中緊緊握著電擊槍，她似乎也在提防。

「酒井同學也一起來啦。」

奈緒子語氣冷淡地說道。彩香憑藉女人的直覺，似乎感覺到了什麼，緊盯著奈緒子。

「我為了和宮野同學一起離開這兒，努力湊齊了十點呢。」奈緒子道。

「妳大可先逃離這裡。」啟太道。

「我們不是說好要一起離開這裡嗎？我害怕被人發現，所以才先躲在這裡。」

很合情合理的說明，不過有幾個疑點。她是如何湊齊點數的？她可曾四處尋找電池記號？還是說，她像之前射擊和樹那樣，也用電擊槍射擊其他人？

「如果是宮野同學，應該能解開這個問題吧？」

奈緒子指向電梯內的大螢幕，上頭顯示了某些文字。

「妳可以自己站立嗎？」啟太問彩香。

「我可以，不過你要留神。」

彩香悄聲說道，不讓奈緒子聽見。

「酒井同學，妳受傷啦？」奈緒子露出擔心的神情。

啟太走進電梯，望向螢幕。上頭顯示著「最後一道問題」和文字鍵盤。

最後一道問題：

若不解開這個問題，電梯便不會啟動。

如果你是認真蒐集點數的人，這個問題應該很簡單。

你用電池記號充電時，顯示了三個關鍵字，請輸入你從中聯想到的人物名字。

那三個關鍵字是「Japheth」、「Ham」、「Shem」。知識豐富的和樹一看馬上理解，不過啟太則是花了些時間。儘管如此，他還是看出了答案。倘若奈緒子與和樹一同蒐集點數，現在應該已經離開這裡了。只要回答這個問題，啟太就能和奈緒子一起離開。但彩香將會被留在這裡，就此ＬＯＳＴ。

砰！

背後傳來一聲槍響。啟太轉頭一看，彩香倒臥在地上，全身痙攣。是奈緒子開的槍。

「妳為什麼開槍？」啟太問。

「這也是沒辦法的事啊。酒井同學九點，而我十點。要是她朝我開槍，我就活不成了。」

「要是我不解開這個問題，我們三人都會ＬＯＳＴ。」

「宮野同學，你想死嗎？要是你解開這個問題，我們兩人就能一起離開這裡，繼續活命啊。」

「我也想活命，但我討厭用這種方法。」

啟太走出電梯，朝倒地的彩香奔去。

「妳沒事吧？」

彩香顫抖著，微微點頭。

「剩下最後三分鐘。」機械聲透過校內廣播傳送。

設在牆上的大螢幕顯示剩餘時間「03:00」。

「剩餘時間二分五十九秒、二分五十八秒、二分五十七秒、二分五十六秒……」

機械聲傳出倒數計時。

「你怎麼了?你不離開這裡嗎?」奈緒子以高亢的聲音叫道。

只要朝電梯內的螢幕輸入答案,啟太和奈緒子就能逃出這裡,但彩香將會顫抖著迎接死亡。啟太辦不到。如果是在野生環境下,因為弱肉強食,勢必得互相殘殺,容不得你說不。不狠下心腸,或許就無法存活。啟太只要拋下彩香,和奈緒子一起離開就行了,但啟太辦不到。

「我決定了。我們三人一起留在這裡吧。」啟太道。

「我會開槍喔。」

奈緒子將電擊槍槍口對準啟太。

「隨妳高興。不過,就算妳開槍射我,結果也一樣。沒人可以離開這裡。」

「為什麼?宮野同學,你討厭我嗎?」

「我不知道。在這之前,我原本很喜歡妳,深深為妳著迷,可是……」

「你好好想想。你以為我喜歡這麼做嗎?我是為了活下去,才不得不這麼做啊。我不下手,別人也會對我下手。所以我才會這麼賣力地想要活下去,這樣有什麼不對嗎?」奈緒子解釋道。

「不，不是這樣。妳沒有錯，只不過我不想要這種生存方式。這種為了自己活命而犧牲同學的做法，我已經受夠了。」

在這處地下空間裡，只有機械聲的倒數計時迴蕩著。

彩香努力想挪動她那不住顫抖的身軀。她的嘴脣顫動，想要說話。啟太把耳朵湊近。

「啟太……你要……離開……這裡……」彩香竭盡全力說道。

「彩香……」

這時，奈緒子一腳踢向毫無防備的啟太側腹。柔弱的奈緒子這一踢造不成什麼傷害，但啟太還是就此倒地。

「妳幹什麼！」

啟太站起身，發現奈緒子手中握著一把菜刀。

「那是妳從廚房帶來的對吧？」

奈緒子以菜刀抵向因遭受電擊而無法動彈的彩香頸部。

「市川同學，刺死羅伯特的人是妳吧？」

「沒錯，是我幹的。誰叫這是一場互相殘殺的遊戲呢。而且除了勝利者之外，每個人都得死，所以這只是時間早晚的問題。」

「為什麼？沒必要殺他吧？」

「那傢伙行事很謹慎。總是拿電擊槍對著我，所以我把槍放在地上，裝作兩手空空地走近他身邊。我原本也不想殺他，只是一時用力過猛，深深刺進他胸口，那也是沒辦法的事啊。」

奈緒子以菜刀抵向彩香頸部，如此說道。

「快點啟動電梯，否則我一刀刺死她。」

這就是啟太心儀的女生真實的樣貌。

「現在我知道和樹為什麼會自暴自棄了。」

「剩下最後一分鐘。」機械聲持續倒數計時。

啟太走進電梯後，面向螢幕。

「那三個關鍵字分別是『Japheth』（雅弗）、『Ham』（含）、『Shem』（閃）。這是三個兄弟的名字，而他們的父親就是這道謎題的答案，他就是打造方舟的『Noah』（諾亞）。」

啟太朝螢幕上的鍵盤輸入「Noah」。發出一陣馬達運轉聲，電梯微微震動。

「電梯電源開啟，隨時都能啟動。」機械聲如此宣告。

「這樣就能離開了。」

啟太走下電梯後，奈緒子旋即走進。

「我一直以為自己直覺很敏銳，看來根本完全不行。」

啟太自言自語道。

「在視聽教室播放著一齣電影，名叫《世界就是這樣結束的》。我想起以前曾經借過這支影片。和樹可能是在看過那齣電影後，明白了一切。」

那是描述地球毀滅的一齣作品。而謎題的答案就是打造出方舟，收容飛禽走獸的「諾亞」。

「它根本就不動嘛！」

奈緒子在電梯裡怒吼。

「那是兩人座，得兩個人一起搭乘才會啟動。」

「宮野同學，拜託你，快上來！」奈緒子懇求道。

「啟太……快上去。」彩香也如此說道。

倒數計時只剩最後十秒。

「九秒、八秒、七秒、六秒、五秒……」

啟太突然衝向前，坐上電梯。

「電梯啟動。」機械聲說道，門開始關閉。

「三秒、二秒……」倒數計時仍在持續。

就在門即將關上時，啟太突然衝出電梯。

「一秒，遊戲結束。」機械聲宣告結束。

「為什麼？」彩香向走出電梯的啟太問道。

「我陪妳。」

剎那間，啟太眼前化為一片白茫，當場倒臥。彩香也閉上眼睛。

8

啟太從床上醒來。雖然全身感覺很沉重，但不覺得疼，反而神清氣爽。有人躺在他隔壁床上。他朝對方望去，得知是彩香。兩人都躺在床上。

這裡是哪裡？

他環視四周，發現這裡是一間約八張榻榻米大的昏暗寢室。雖然沒有窗戶，但牆上有一幅草原的圖畫，所以感覺比實際來得寬敞。

我是怎麼了？

啟太的記憶逐漸恢復了。在那殺人遊戲的最後，啟太和彩香沒能坐上電梯。兩個人都輸了，應該是被判定ＬＯＳＴ了才對。如果真的是這樣，這裡難道就是死後的世界？

「這裡是哪裡？」彩香也醒了。

「我也才剛醒。」

見啟太躺在一旁的床上，彩香大吃一驚。

「我們睡在一起？」

「在這種情況下，就別在意這種小事了。」

「可是……」

彩香準備起身，這時她身上穿的不是制服，而是睡衣。
「是誰幫我換上這套睡衣？」
「不知道。」
啟太自己也穿著睡衣，而且是穿起來很舒服的睡衣。
「妳的腳傷怎樣了？」啟太問。
「對喔，我的腳受傷呢。」
彩香動了動右腳。
「這是怎麼回事？一點都不痛呢。」
「我也完全不覺得痛……我們該不會已經死了吧？」
「你是說，這裡是另一個世界？」
「雖然沒有真實的感受，不過，沒坐上電梯應該會被ＬＯＳＴ才對。既然這樣，我們應該是死了吧。」
但又覺得不太對勁。由於沒有死亡的經驗，所以不知道死後的世界是怎麼樣，但現在感覺和活著的時候一樣。
「走過那扇門應該就能知道些什麼吧？」
彩香所指的方向有一扇門。
「說得也是……」
啟太和彩香走向門前。這扇門後面會有什麼呢……啟太把手搭在門把上，顯得躊躇。

「怎麼了？」彩香問。

「有件事我沒跟妳說。之前我與和樹推測這個遊戲背後的含意，結果得到一個可信度很高的結論，那就是……」

接下來的事該告訴她嗎？啟太一時欲言又止。

「感覺好像說來話長，待會兒再聽你說吧。」彩香如此說道，打開門。

「啊，喂，等一下啦。」

啟太加以攔阻，但彩香已走向隔壁房間。

是客廳。裡頭有一組感覺坐起來很鬆軟的沙發，搭配看起來很時尚的桌子，還有大螢幕的電視。兩人走進客廳之後，電視開關自動開啟，戴著面具的頭目出現在螢幕上。

「宮野啟太同學、酒井彩香同學，恭喜你們。現在已經可以向你們公開我的真實身分了。」

頭目取下面具。出現在兩人面前的是內閣總理大臣小木榮太郎。

「我對╳╳高中三年A班的各位做了很殘忍的事，但這一切都是出於無奈。」

「果然是這麼回事，看來我們的推測沒錯。」啟太低語道。

「半年前，NASA的調查團隊發現有隕石群朝地球接近。隕石並不大，但數量眾多，無從閃躲。隕石衝撞地球後，地球會在它的影響下進入短暫的冰河期，和當初恐龍滅絕是同樣的情況。同時有研究結果指出，到時人類將無法在地表上生活。日本政府為了留下人類的命脈，被迫得選出在極度殘酷的狀況下也能存活的年輕人。我們勢必得留下一組不管在何種情況下都能做出冷靜判斷，優秀、健康、善良的男女。因此才想出這個遊戲。」

「怎麼會有這種事……有必要讓我們這樣互相殘殺嗎？」彩香問。

「這可能是錄影畫面。」啟太回答。

總理的影像停頓片刻，大螢幕上顯示「電腦解析問題中」的文字。似乎是電腦在讀取彩香的提問，搜尋相對應的回答。不久，又恢復成總理的影像。

「或許你們會問，根本沒必要殺害其他人吧？不過，為了營造出被逼入絕境的情況，也只能那麼做。」

「可是……」彩香說到一半，把嘴合上。

「聽他往下說吧。」啟太道。

「想必你們有很多疑問和不滿。不過，當你們看到這個畫面時，我已不在這世上。不光是我，人類幾乎都已滅絕，日本人當中，只剩下宮野同學和酒井同學你們兩位。你們會在這裡長眠一個月之久，這段時間會進行健康檢查，你們所受的傷也都會治療完畢。那裡是建造於地底深處的堅固避難所，你們將會在裡頭生活十五年之久。根據研究團隊調查的結果，十五年後，地表上的大氣將會恢復成人類可以生存的狀態。避難所裡備有足夠的氧氣和食物，可供兩位十五年生活無虞。你們必須回到地面，生出下一代，留下日本人的血脈。這座避難所堪稱是現代版的方舟，而那場遊戲是決定誰能坐上方舟的測試。」

啟太與彩香為之戰慄。

「請等一下，為什麼選中我們？」

影像暫時停止，螢幕上出現「電腦解析問題中」的文字，接著又恢復為總理的畫面。

「挑選你們的理由有二點。一是年紀。你們很年輕，就算十五年後來到地面上，還是能在這樣的求生環境中活下來，而且基於就算是現在也不會太過幼稚的年紀考量，我們得到的結論是，以十八歲的高三生最為適合。還有，我在偶然的機會下，拜讀過你們同學安達瞳的作文，文中將現代高中生描寫得相當精采。在看她的作文時，我心裡便覺得，如果要留下兩名高中生的話，那就非這個學校的學生莫屬。這是我個人的專斷獨行，但沒人反對這項意見。倒不如說，沒人可以反對。大部分的政治人物什麼決定也做不了，完全拿不定主意，我則是徹底展現出我的男子氣概……真是抱歉，我用詞不當。應該說，我就此豁出一切，堅決推動這項計畫。」

「我們在遊戲中落敗，贏的人是市川奈緒子，但為什麼最後選上我們兩人？」

因為啟太的提問，螢幕再度停頓片刻，接著總理的影像回答道：

「的確，你們在遊戲中落敗。但既然要留下日本人的血脈，就需要像宮野同學和酒井同學你們這種善良的人才行，此事是經過設計這項計畫的團隊成員一致認同後所做的決定。」

之後，總理仔細說明了整件事的來龍去脈。啟太和彩香原本想逃離這裡，但他們已無處可去。

大螢幕上出現一名溫柔慈祥的中年女子。

「媽。」彩香喚道。這是彩香父母留給她的影片。

「彩香，妳過得好嗎……媽媽得知妳被選為日本人代表，得以存活下去的時候，打從心裡替妳感到高興。現在地球的情況相當糟，當妳看到這段影片時，媽媽和爸爸已經不在人世了。我很慶幸能當妳的媽媽。其實我很想看妳結婚生子，但現在光是聽到妳可以存活下去，我就已心滿意足了。妳是個好孩子，我一直都以妳為傲。妳要以日本代表的身分，和宮野同學同心協力，好好活下去。媽媽很愛妳，妳是我最心愛的女兒……」

彩香的母親說到這裡，為之語塞。

接著出現一名看起來很好脾氣的中年男子。

「彩香，是爸爸。人類的未來全看妳了。要像妳平時那樣，樂觀開朗地活下去。過去妳帶給爸媽許多幸福，謝謝妳。爸爸很以妳為傲，要連同我們的份一起活下去。爸爸愛妳。」

「爸……」彩香叫道，就此泣不成聲。

接著大螢幕上出現啟太的母親。

「啟太，雖然有千言萬語想對你說，但現在我不知道該說什麼好。謝謝你帶給媽媽這麼多回憶，今後的日子將會有重重險阻，但你一定沒問題的。不管發生什麼事，都要好好活下去，不可以氣餒，因為你得要連同爸媽的份一起長命百歲呢。最後，我很想再做一次你最愛吃的煎蛋給你吃，可是偏偏那天我竟然忘了買蛋，媽媽真的很糟糕……」

接著出現的是妹妹小圓。

「哥哥是大笨蛋。竟然自己一個人逃走，我不原諒你。你最爛、最壞了。」

說到這裡，小圓哭了起來。

「小圓……對不起，哥哥真的很差勁……」啟太對著大螢幕道歉。

「快跟哥哥作最後道別啊。」

在母親的催促下，小圓擦拭著眼淚道：

「雖然……雖然老是和你吵架，但我其實並不討厭你。我最喜歡哥哥了。」

接著出現在螢幕上的是啟太的父親。

「啟太，你要活下去。要克服任何困難，不管遭遇什麼也要活下去。好好活下去……這是爸爸留給你的最後一句話。」

說完後，啟太的父親閉上雙眼。啟太緊咬著嘴脣，望著眼前的影像，這時彩香伸手輕觸他的手指。

「我們一起活下去吧。」彩香道。

「說得也是，我們一定要好好活下去……」

啟太溫柔地握住彩香的手。

「你要活下去。要克服任何困難，不管遭遇什麼也要活下去。好好活下去……」

大螢幕上播出啟太的父親說這句話的畫面。

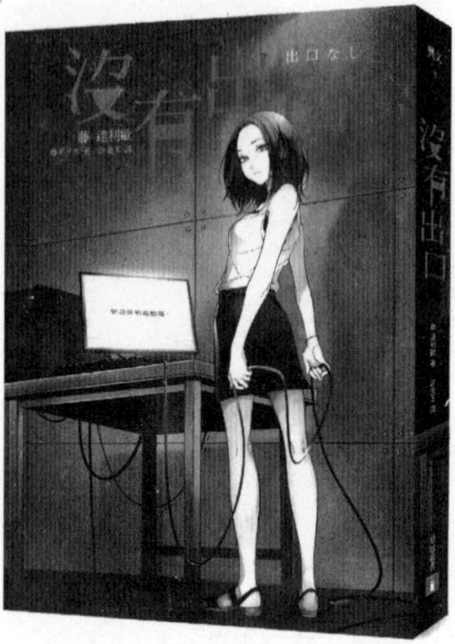

歡迎來到遊戲屋！
參加這場以生命為賭注的極限遊戲！

沒有出口

藤 達利歐——著

【台灣推理夢工廠廠主】栞、【恐怖作家】笭菁、
【網路人氣團體】這群人、【影評人】馬來魔 驚悸推薦！ ●依姓名筆劃序排列

三男二女從昏睡中醒來，發現身處在一個四方形的房間裡，沒有門，沒有窗，連通風口也沒有。唯一的「家具」，只有一張桌子和一台電腦。不久之後，電腦上傳來了一封郵件：你們如果想平安回家，就只能找到謎題的答案，贏得比賽。房內的氧氣只提供十二小時，謎題的答案請在網路上搜尋，但是，最多只能搜尋十次。解開謎題的截止時間是氧氣用完前的一個小時，如果沒有趕在時限前找到答案，就會小命不保唷！題目在此——你是誰？祝各位好運……

下一個……就是你了！

同葬會

藤 達利歐——著

同學會，你能來吧？怎麼能少了你？
讓我們再當一次同學吧……在地獄裡！

奈央收到高中網球同好會的同學會通知，她依約前往，多年不見的好友們聚在一起格外興奮，何況還遇見了高中時暗戀的雅也。但就在當天晚上，同好會會長哲平卻突然猝死車內，並在幾天後出現在另一個同學床邊，指著他說：「下一個就是你」！從那天開始，出席同學會的成員一個接著一個離奇死去，剩下的人只能陷入束手無策的恐懼之中。為了阻止這場奪命連鎖，奈央和雅也展開調查，他們能趕在死神找上門之前，搶先一步解開謎團嗎？而最後剩下的，又會是誰？

國家圖書館出版品預行編目資料

放學後 Dead×Alive／藤 達利歐著；高詹燦譯 .--
初版 . -- 臺北市：皇冠 , 2016.05
面；公分 .--(皇冠叢書；第 4549 種)(異文；5)
譯自：放課後デッド × アライブ
ISBN 978-957-33-3234-3(平裝)

861.57　　105006712

皇冠叢書第 4549 種
異文｜5

放學後 Dead × Alive

放課後デッド × アライブ

HOUKAGO DEAD×ALIVE
©Dario FUJI 2012
Edited by KADOKAWA SHOTEN
First published in Japan in 2012 by KADOKAWA CORPORATION, Tokyo.
Chinese translation rights arranged with KADOKAWA CORPORATION, Tokyo,
through TOHAN CORPORATION, Tokyo.
Complex Chinese Characters© 2016 by Crown Publishing Company Ltd.

作　　者—藤 達利歐
譯　　者—高詹燦
發 行 人—平雲
出版發行—皇冠文化出版有限公司
台北市敦化北路 120 巷 50 號
電話◎ 02-27168888
郵撥帳號◎ 15261516 號
皇冠出版社 (香港) 有限公司
香港銅鑼灣道 180 號百樂商業中心
19 字樓 1903 室
電話◎ 2529-1778　傳真◎ 2527-0904
總 編 輯—許婷婷
美術設計—嚴昱琳
著作完成日期— 2012 年
初版一刷日期— 2016 年 05 月
初版四刷日期— 2021 年 12 月
法律顧問—王惠光律師
有著作權 ・ 翻印必究
如有破損或裝訂錯誤，請寄回本社更換
讀者服務傳真專線◎ 02-27150507
電腦編號◎ 554005
ISBN ◎ 978-957-33-3234-3
Printed in Taiwan
本書定價◎新台幣 280 元 / 港幣 93 元

• 皇冠讀樂網：www.crown.com.tw
• 皇冠Facebook：www.facebook.com/crownbook
• 皇冠Instagram：www.instagram.com/crownbook1954
• 小王子的編輯夢：crownbook.pixnet.net/blog